FVA

Bodo Kirchhoff

Der Prinzipal

Novelle

FRANKFURTER VERLAGSANSTALT

1. Auflage 2007

Herstellung und Umschlaggestaltung:
Laura J Gerlach, Frankfurt am Main
unter Verwendung einer Fotografie von Thomas Ruff.
Satz: Fotosatz Reinhard Amann, Aichstetten
Druck und Bindung: GGP Media GmbH, Pößneck
Printed in Germany
ISBN: 978-3-627-00139-1

Für Claudius

1

Ein Tag im Spätsommer am größten oberitalienischen See, dort, wo er sich nach Süden weitet, ein Garten mit Olivenbäumen. Endloses Tönen zweier Zikaden in der Stille über einem Ort mit steinernem Uhrturm und blassroten Schindeln, mit Zypressen wie Federkiele vor zittrigem Wasser; ein Haus in bevorzugter Lage. Auf der Terrasse ein Mann in dunkler Hose, barfuß, man sieht ihn kraftvoll einen Korken ziehen, erst von hinten, dann von der Seite, vermutlich der Hausherr. Er riecht am Korken, Falten auf der Stirn, die sich gleich wieder glätten, in den Augen ein Blitzen von der Sorte So bin ich, und auf einmal erkennt man ihn oder meint ihn zu erkennen, der kleine Schreck ist derselbe. Mit Schritten, als hätte er Schuhe an, geht er ins Haus und kommt mit zwei Gläsern zurück, während in der Türscheibe eine Gestalt auftaucht, weites T-Shirt, helle Shorts, Gesicht halb verdeckt von einem Camcorder.

So, und du bist also mein Enkel, sagt der barfüßige Mann, nachdem er beide Gläser mit Wein gefüllt hat. Dann trink mit mir auf meinen Vierundsechzigsten! Aber der Enkel lehnt ab, ein Nein ohne Danke; er trinkt nicht, er filmt nur, immer wieder den See, in einem schon blendenden, keineswegs freundlichen Dunst, dazwischen den blühenden

Garten und einen Pool, beneidenswert wie Haar und Figur des Hausherrn – der jetzt mit Blick in das Gerät allein auf sein Wohl trinkt, einen Blick, an den man sich noch erinnert (leicht amüsiert, stets auf der Lauer). Mein lieber Enkel trinkt also nicht, ruft er lachend, wie meine Frau Tochter, die mit ihrer Mutter an diesem Tag natürlich Einkäufe machen muss, damit ich am Abend noch etwas zum Auspakken habe. Aber immerhin sind wir beide dadurch allein – wann haben wir uns zuletzt gesehen, war es die Firmung?

Ja, wahrscheinlich, hört man den Enkel sagen, der Stimme nach ein Halbwüchsiger oder schon junger Mann, mit gutem Auge für die Umgebung, man sieht das Profil des Großvaters, dahinter den See mit einem Berg auf der anderen Seite, die steile Flanke über dem Dunst, ein kalkulierter Ausschnitt. Vier, fünf Sekunden lang nur dieses Bild, bis einem auffällt, dass die felsige Kuppe des Berges auch ein Profil ergibt, das eines schlafenden Mannes in Rückenlage, dem Hausherrn mit seiner Nase, seinem Kinn gar nicht unähnlich; ein Gedanke, den man nicht weiter verfolgen kann, denn der Gefilmte macht sich auf den Weg zum Pool. Als ich dich zum ersten Mal vor mir sah, warst du gerade auf die Welt gekommen, sagt er im Gehen. Und die gute Tochter drängte mich, den jungen Großvater, dass ich dich, den Enkel, im Krankenhauspark umhertrage, aber ich habe mich dem höflichst entzogen – wer weiß, was passiert wäre. Und dann gab es ja diese Begegnung anlässlich deiner Taufe mit dem Essen, das ich arrangiert habe, im Parkhotel Adler. Und ein weiteres Essen anlässlich deiner Firmung. Und heute bist du zum ersten Mal hier, und wir sind auch noch unter uns. Und sonst haben wir uns nie gesehen in diesen achtzehn Jahren? Ich glaube, einmal in Mailand noch oder war das mit Marianne, deiner Großmutter, die sich mit diesem Wort etwas schwer tut? Tatsache ist: Als du auf die Welt kamst, hatte ich schon Sechzehnstundentage. Und doch war ich einige Male – ich könnte das prüfen lassen – in eurem Ort mit der schönen Barockkirche. Ich habe sogar zweimal eine Tagung in die Nähe verlegt, die Amerikaner lieben den Schwarzwald. Nur hat es die Frau Tochter stets einzurichten gewusst, dass du immer gerade fort warst. Oder ich war verhindert, wenn sie mit dir auftauchte, ohne deinen Vater, den ich auch kaum gesehen habe. Und trotzdem war ich gegen die Scheidung. Eine Scheidung hinterlässt immer Wunden, und wenn es Wunden im Bankkonto sind. Marianne und ich waren in unseren vielen Jahren nicht immer glücklich zusammen, aber doch immer ein Paar. Wir waren zusammen unglücklich. Und heute haben wir einen Pakt, der zählt mehr als das Glück, den Pakt, es hier, an diesem See, schön zu finden. Und das mit Recht, wie man sieht.

Und im Bild wieder der See, langsam herangeholt, sein zittriges Wasser, darauf einzelne Windsurfer, etwas verloren im Dunst. Ohne solche Pakte, fährt der Hausherr fort, erdrücken einen die hässlichen Seiten des Lebens, mein lieber Viktor, als der du getauft worden bist, auch wenn deine Mutter dich Vigo nennt und damit den Sinn dieses Namens preisgibt. Wer sein Leben bestreiten will, muss auch siegen wollen, nur dadurch kann man mehr erreichen als andere und freilich auch mehr verlieren – wie du weißt, habe ich zuletzt eine Niederlage erlitten, die größtmögliche in einem Leben, das auf Gelingen ausgerichtet war. Um diese Mittagszeit an meinem Geburtstag hätten sonst schon ein Dutzend Vorstände angerufen, dazu alle drei Parteivorsitzenden der Mitte und von den Gewerkschaftsführern der gemäßigte Flügel. Doch selbst von den treuen Verbänden bisher kein Wort. Nur ein Betriebsrat, der mir seinen dritten Frühling verdankt, hat sich gemeldet, samt der teuersten Blüte dieses Frühlings, für deren Entfaltung ich mitgesorgt habe – nimm das ruhig auf. Ein gutes Gerät?

Kein schlechtes, erwidert der Enkel – natürlich gibt es bessere. Aber in den Zeitungen stand nichts von Frühling und Entfaltung. Es hieß dort Bestechung und Untreue. Der Prinzipal auf seinem Weg nach oben.

Nach oben, wohin? In den Himmel? Ein Lächeln wie das von Heiligen, wenn die Maler zweitklassig waren, geht über das Hausherrngesicht, die Augen schließen sich etwas, das Lauernde bleibt. Nein, mein Ziel hieß Das Beste. Oder willst du nicht das beste Gerät? Welches sollte man sonst wollen; ich werde sehen, was sich tun lässt. Und stand noch mehr in der Zeitung? Die Augen gehen wieder auf, das Lächeln verschwindet, der Enkel räuspert sich hinter der Kamera, es scheint ihm jetzt schwerzufallen, noch etwas zu sagen. Er, dem hier alles gehöre, sei einer von unten, der eben alles gewollt habe, hört man ihn antworten, und der Jubilar widerspricht: Nicht von unten – vom Mangel. Mein Vater war Hausmeister in einer Badeanstalt, das Gymnasium lag da nicht auf der Hand, aber während meiner Lehre in einer Autowerkstatt besuchte ich Abendkurse, schloss die Lehre aber auch ab und kam durch Fleiß und ein Kirchenstipendium dann sogar auf die Schule, die du gerade hinter dir hast. Ich glänzte dort in Physik und allen sprachlichen Fächern wie auch im Schülertheater, etwa als Diener zweier Herren. Die Folge war, dass ich Schauspieler werden wollte und mich nach dem Abitur an staatlichen Bühnen herumtrieb, bis ich erkannte, wie schlecht sie geführt werden, und auch begriff, dass die eigentlichen Bühnen außerhalb des Theaters lagen. Man musste dafür nur ein Studium vorweisen, das es nicht gratis gab, und so fing ich mit Autowaschen an, schon mal Autos gewaschen?

Er greift in den Pool, er macht ein paar Wellen, seine auch zu niederen Diensten bereite Hand füllt das Bild. Also nein, sagt er. Nun, ich kannte dadurch bald jedes Modell und bekam auch ein feines Gefühl für das Äußere von Autos. Und mit diesen Vorkenntnissen nahm ich ein Studium auf, und das feine Gefühl für Autos brachte mich bald mit den Herstellern feiner Autos zusammen, die damals gern mehr exportiert hätten. Also sah ich mich nach Märkten um und entdeckte Italien; ich lernte die Sprache, ich lernte die Gepflogenheiten, ich schuf ein Vertriebsnetz. Es war das Jahr vierundsiebzig, der PC war noch graue Theorie, vom Mobiltelefon konnte man noch nicht einmal träumen, während ich davon träumte, als nächstes die Bühne von Amerika zu erobern. Und später wechselte ich auch die Kontinente, um schließlich zu landen, wo ich immer hatte landen wollen. Und dort kam ich schon bald durch die Art, mit der ich Ideen durchsetzte, mein Gespür für das Menschliche, ob bei Politikern oder Vorständen, aber vor allem aufgrund meiner italienischen Sitten und dem Instinkt für Applaus zu dem Beinamen Principale. Der Rest dürfte bekannt sein. Und du willst also später Filme drehen?

Die Bilder wackeln, der Junge nickt hinter seinem Gerät, er richtet es jetzt auf das Gesicht des Großvaters – an dem alles zu deutlich erscheint, wie man es sonst nur von Leinwandgesichtern kennt, bis hin zu einem amerikanischen Kinn mit Spalt, darin weiße Stoppeln, die kein Rasierer erreicht, ein kleines Ensemble der Verwahrlosung, aber auch der Wahrheit im Gegensatz zu seinem braunen, mit Hilfe von Anwälten vor jeder Nachrede in Schutz genommenen Haar. Und was tust du, um das angestrebte Ziel zu erreichen, was ist der erste Schritt?, fragt er den Enkel und zeigt dabei auf den Ort mit einem kleinen, sicherlich romantischen Hafen. Dort liege sein Boot, ein kaum vorstellbares Privileg, im Hafen von Torri einen Liegeplatz zu besitzen! Mit erhobenem Finger kommt dieser Hinweis, aber der Enkel geht darauf nicht ein, er beantwortet die Frage. Erster Schritt sei die Bewerbung an einer entsprechenden Hochschule. Und dazu gehöre ein kleiner, kostengünstiger Film.

Also eine Talentprobe! Der Großvater oder Principale, als den man ihn kennt, legt seinem Enkel eine Hand auf die Schulter. Und hast du die schon? Ich nehme an, nein. Ein erster Schritt fällt immer schwer, nicht wahr? Er sieht in die Kamera, und wieder eine Unruhe im Bild, wieder das stumme Bejahen. Also muss dieser Film schleunigst gedreht werden, sagt er. Dann sollten wir beide jetzt mit dem Boot auf den See. Zehn Kilometer nördlich, auf der anderen Seite bei den Felswänden findet man die prächtigsten Motive. Oder darf es kein Film mit Natur sein? Er zieht die Hand wieder zurück und betrachtet seine Nägel, während der Junge ein anderes Detail der Hand aufnimmt, den Ehering, von dem man sich kaum vorstellen kann, dass er sich je wieder vom Finger ziehen lässt; ganz nah die Goldfessel inmitten von Härchen, dazu das Lärmen der Zikaden, ein hysterisches An- und Abschwellen, das jäh endet. Und in der Stille danach bald ein leises Geräusch von den Fingern des Hausherrn, ihrem Klavierspielen auf dem Gehäuse eines Telefons, aufgebracht wie die Zikaden, während das Telefon weiter ruhig bleibt und überhaupt sein Leben eher dieser zermürbenden Ruhe zu gleichen scheint als dem Tosen im Silberrauch der Olivenblätter, als würde eine ganze Belegschaft ihn und seine Reformen mit Beifall begrüßen.

Die Natur, fährt der Prinzipal oder Principale fort, gibt es jedenfalls umsonst, der See ist die gebührenfreie Kulisse, für alles Übrige solltest du Rat einholen, Kostendämpfung war das Ziel aller Reformen. Und ein Boot und damit die Bewegung hätten wir auch, ja, ich könnte sogar eine Waffe beisteuern! Er deutet mit der Hand eine Pistole an und berührt mit der angedeuteten Mündung das Telefon. Bei der Gefährdungsstufe, die für mich gilt oder gegolten hat, war es kein Problem, an eine Waffe zu kommen. Wir bringen sie aufs Boot und geben vor der Felswand einen Schuss mit Echo ab. Aber bedenke: Wenn am Anfang der Handlung eine Waffe auftaucht, sollte am Schluss auch jemand sterben dadurch – wer hat das gesagt, der alte Hitchcock? Wilder? Shaw? Ich hole nur die Bootstasche, dann brechen wir auf! Man sieht den Hausherrn ins Haus gehen, man hört ihn mit jemandem reden, vermutlich Personal, und sein Enkel schwenkt auf den See, ein beschlagener Spiegel; dazu die Zikaden, die sich erneut überbieten, wie ein Aufruhr gegen die Mittagsschwüle, und dann schon eine Stimme, unternehmungslustig, Bist du soweit? Dann gehen wir – und es war der gute Shaw!

Die Kamera, jetzt ohne Ton, folgt dem Weg, zuerst durch den ansteigenden Garten und über die Zufahrt mit Flusskieselpflaster, dann zwischen alten geschichteten Steinen einen Hohlweg hinunter, gewunden wie ein Fragezeichen, und schließlich hinein in den Ort Torri (oder Torri del Benaco, nach dem römischen Namen des Sees). Im Bild nur der Gassenverlauf und ab und zu eine Tür, bogenförmig, mit einem Eisenring als Klopfer; zwischendurch noch ein, zwei Katzen, milchweiß, und eine junge Frau auf einem Stuhl vor ihrem Laden, rauchend. Erst als die Gasse endet, geht es in die Totale – der Hafen zwischen einer Burgruine und einem Hotel mit Arkaden, dazu wieder Ton, das Flattern kleiner Fahnen über flaschengrünem Wasser, darin Fischerkähne, familiär beieinander im Halbrund der Mole, einige Segeljachten und nur zwei Motorboote. Es ist tatsächlich ein romantischer Hafen, alle Bilder, die der Junge macht, sprechen dafür; er streift an der Mole entlang, von Kahn zu Kahn, er hat ein Auge für die Frauennamen am Bug – Carlotta, Agnese, Emilia, wie einem Gedicht entnommene Wörter –, bis seine Hauptperson auf das größere der Motorboote zugeht, eine Colombo von elf Metern Länge mit der üblichen Sitzlandschaft im mittleren Teil und Liegeflächen über dem Motorraum und einer Kabine im langen Rumpf. Zweimal Zweihundertvierzig-PS-Kompressor, sagt der Bootsbesitzer fast in einem Ton des Bedauerns und schlägt mit einem Tauende auf die Regenplane. Warum habt ihr nur an meinem Sechzigsten gefehlt, ruft er im selben Ton dem Enkel zu – mehr kann ein Mensch anderen Menschen nicht bieten, mein lieber Vigo!

Aber der Junge oder liebe Vigo erwidert nichts, er hält das Entfernen der Plane fest, den trockenen Möwenkot, der dabei zerstäubt; er filmt das Heck mit dem Namen des Boots, gleich dem des Besitzers, er zieht die Schuhe aus. Und erst jetzt hört man ihn antworten: Wir hatten uns in Amerika diese Magensache geholt, sonst wären wir gekommen! Eine längst bekannte Antwort oder Erklärung für das Fernbleiben, wie man gleich sieht. Der Großvater, inzwischen mit nacktem Oberkörper, nickt nur schwach, während er den Enkel aufs Boot winkt, und der setzt erstmals, um nicht ins Hafenwasser zu fallen, sein Gerät ab.

2

Der Principale löst die Taue in den Farben des Boots, weiß und blau. Und ist dir klar, was du versäumt hast?, ruft er. Der ganze Markusplatz hat mir gehört! Das Orchester des Florian spielte nur für mich, und seine Kellner schwärmten mit Champagner aus und bedienten neben meinen Gästen auch alle Schaulustigen, die auf mich anstoßen wollten, während die Glocken des Campanile um Mitternacht wie bestellt läuteten, wofür unser Kanzler nur ein einziges Wort fand: Respekt - zumal noch zwei Schauspielerinnen aus Mariannes Kreis in der Weite der Piazza zu tanzen anfingen, wie es Schauspielerinnen, wenn die Blüte vorbei ist, nun einmal gern tun, Schühchen in der Hand und die Augen zu. Aber tröste dich: Hier gibt es auch Champagner - man sieht ihn einen Kühlschrank öffnen -, Franciacorta und dazu Oliven und Peccorino, oder hast du nichts übrig für einfache Dinge? Er bekommt keine Antwort, aber die einfachen Dinge sind auf einmal im Bild, samt der Waffe, die er dazu legt, als müsse sie auch gekühlt werden. Dann lässt er die Motoren an, mit ein paar Worten zu Drehzahl und Öldruck, und stößt das Boot von der Mole ab, das perfekte Manöver unter den Augen des Enkels. Die Colombo dreht sich ein Stück und gleitet auch schon aus dem Hafen, ihr Besitzer gibt etwas

Gas. Man hört das Motorengeräusch, zwei ruhige Achtzylinder, dazu das schäumende Wasser hinter den Schrauben, die gerade Bahn, die das Boot zurücklässt, das immer raschere Verschwinden von Hafen und Ortschaft, wie Bilder eines Abschieds, nicht eines Aufbruchs.

Aber diese Vorwürfe, Bestechung und Untreue, ruft der Besitzer des Bootes auf einmal und überlässt dem Jungen das Steuer, als die Uferlinie schon im Dunst verschwimmt, die mögen ja für eine Klage reichen: Der Prozess wird im nichts verlaufen! Man wird meinem Beispiel folgen und einigt sich auf eine Zahlung. Wofür also der ganze Wirbel? Und als könnte der Enkel die Frage beantworten oder trage irgendeine Schuld an dem Wirbel, so rückt ihm sein Großvater nun auf die Linse – Nicht wahr, zuerst holen sie dich und sind die Nutznießer deines Formats, bis sie merken, dass sie im Schatten stehen, unvermeidlich bei nur einer Sonnenseite, und sich hinter deinem Rücken mit der Klasse der Kommentatoren verbünden: die ja noch nie etwas geschaffen hat, außer schlechter Laune! Die Hand des Bootsherrn, bäurisch gebräunt, womöglich von Gartenarbeit, legt sich auf die helle Hand des Enkels, eine Hand, die den Anschein wehrloser Unschuld erweckt, wie es sonst nur ein geschlossener weißer Kragen kann. Der Erfahrene gibt dem Neuling ein Gefühl für Lenkung und Gas, für das ganz Eigene eines Motorboots – mit einem

Auto, wie er sagt, nicht zu vergleichen. Es gleitet über das Wasser und überwindet mehr Widerstand als jedes Auto, es stellt ein Gesetz für sich dar, darum auch der größere Neid! Und es trägt einen Namen, nicht zu vergessen, es hat Klang und auch Hall, wenn das Motorengeräusch noch dazukommt. Etwas Skandalöses geht von einer großen Colombo aus, wie von den Namen gewisser Städte. Man denke nur an Havanna, ruft er und drückt beide Gashebel nach vorn, bis das Boot über die Wellen fliegt – den Namen, aus dem sie zuletzt die Schlinge für meinen Kopf gedreht haben! Aber man lädt besondere Leute auch nicht irgendwohin ein, sondern eben auch an besondere Orte, wenngleich man das System dort natürlich ablehnen muss. Oder was fällt dir dazu ein, nur Zigarren?

Und Musik, hört man den Jungen durch den Motorlärm. Und die Frauen, wie man liest!

Die Frauen? Was weiß mein guter Enkel von Frauen? Der Großvater übergibt dem Achtzehnjährigen wieder das Steuer, er holt die Flasche aus dem Kühlschrank, während der gute Enkel das Boot mit einer Hand lenkt, in der anderen sein Gerät. Frauen, antwortet er, tun meistens, was man gerade nicht will, man muss schon Glück haben, um mit ihnen einer Meinung zu sein!

Viel Glück sogar – Marianne und ich sind eigentlich nur in einem Punkt einer Meinung: dass unsere Ehe trotz allem fortgesetzt werden sollte, und ein Teil dieser Fortsetzung besteht darin, dass sie zur Zeit verzweifelt mit unserer Tochter nach einem Geschenk für mich sucht. Und deine Mutter macht es ihr sicher nicht leichter. Mein Missbilligen ihrer frühen Scheidung mag dazu beigetragen haben, dass sie noch seltsamer wurde, als sie's schon war. Und auch ihre Berufswahl, Fotografin, hat nie meine Zustimmung gefunden, sie hätte Anwältin werden können, unter Umständen auch Ärztin oder die Leiterin eines Museums bei ihrem Kunstsinn. So aber wurde sie angeblich zufrieden, hatte nur nicht das Geld, dich auf eine anständige Schule zu schicken und war auf unsere Unterstützung angewiesen. Immerhin konnte ich dadurch noch einmal Einfluss nehmen auf deine Entwicklung und ihr dasselbe Internat nahelegen, das ich besucht hatte, mit dem Kirchenstipendium in den Fünfzigern und frühen Sechzigern. Die Zeit, als dort noch Erzieher von Rang tätig waren und der Bodensee nicht nur dem Rudern im Achter gedient hatte, sondern auch Fahrten in einem Zweierkahn, die stets im Schilf endeten, das sich an warmen Sonntagnachmittagen auf dem Abschnitt zwischen Marbach und Horn, vom Höhenweg aus gesehen, in gewissen Abständen leicht bewegte, ohne dass ein Lehrer oder Erzieher die Ursache dieser Bewegung hätte ausmachen können, Abstände von dreißig Metern, auf die wir zu achten bemüht waren, wenn wir die Kähne im Schilf plazierten. Nur mein Freund

Roedel und ich hielten geringeren Abstand, manchmal bloß wenige Meter, so nahe waren wir uns – die wir ja auch zwei schwesterliche Begleiterinnen hatten, beide ohne Scheu, was die Geräusche der anderen im schwankenden Kahn betraf. Erst im vergangenen Jahr sah ich sie wieder, zwei alte Mädchen nach mehr als vierzig Jahren, weinend bei Roedels Beerdigung. Und das Schilf, mein lieber Vigo, war es auch zu deiner Zeit, im neuen Jahrtausend, noch so dicht? Beim Einschenken des Franciacorta kommt diese Fangfrage, während das andere, felsige Ufer – halbschräg überqueren sie den See, der Kompass zeigt Nordwesten an – nun schon näher rückt. Dann die Antwort, halblaut, aber bestimmt: Mit dem Schilf habe er sich nie befasst. Und er trinke auch kein Edelzeug.

Also wart ihr in den schalldichten Musikzellen im Keller, unserem Winterquartier! Mit erhobenem Finger kommt diese Folgerung, einem Finger, der hin und her geht und dem Schlawiner im Enkel gilt, ehe die Hand zur Flasche greift und dennoch beide Gläser füllt, Nur zum Anstoßen! Aber der Enkel will auch nicht anstoßen, er hebt kaum das Glas, dafür erzählt er, was aus den Musikzellen geworden ist, Kabinen mit je einem Internetanschluss, wo man ganz ungestört chatten könne, immer noch schallisoliert.

Aber es blieb ja wohl nicht beim Chatten, hoffen wir doch! Der Principale stößt einen Salute-Ruf aus und trinkt, mit der anderen Hand greift er ins Steuer. Er lenkt das Boot nun parallel zum Ufer, das Glas an den Lippen, ganz Genießer des guten Tropfens, während die Kamera langsam nach links oder backbord geht, als wollte der Enkel einen am Ufer hängenbleibenden Blick andeuten, den Blick auf einen Ort mit Hafen und Dom, der förmlich am Hang zu kleben scheint, so steigt der Berg dahinter an. Gargnano, verkündet sein Großvater, nachdem er das Glas geleert und neben dem Kompass abgestellt hat. Du trinkst nicht, du liebst nicht, was tust du überhaupt?

Filmen, sagt der Junge und filmt die Steilhänge hinter der knochenfarbenen Domkuppel, Hänge voller Oliven, die Blätter in der Sonne wie beschlagenes Silber, dazwischen immer wieder schmale Terrassen mit fingerartigen Steinsäulen – Limonaias, die ausgedient haben, erklärt der Kenner der Gegend. Wo aber weiterhin, zum Vergnügen der neuen Besitzer, vereinzelt die Zitronen blühen, ein Stück Arkadien, wenn dir das etwas sagt. Und vom Enkel keine Antwort, es sagt ihm offenbar nichts, ihn interessieren nur die Bilder, das Schroffe der Felsen, auf die sie jetzt zufahren, die Farben des Sees im Schatten der Wände, nicht das Leben rund um den See. Wie tief ist es hier, fragt er, und schon sieht man nichts als Wasser, um die Frage zu unterstreichen, das Wasser jenseits der Bugwellen, ein Auf und Ab wie auf dem Meer bei schwacher Dünung, fern von allem. Wie tief? Schau auf die Anzeige. Wir bewegen uns auf einem geschmolzenen Gletscher, der seine Kerbe geschaffen hat.

Hundertvierzig Meter zeigt der Tiefenmesser an den Armaturen, obwohl sie nicht weit vom Ufer entfernt sind, fast schon in Rufweite zu einem schlösschenartigen Gebäude, das der Junge heranholt. Die alte Villa Feltrinelli, erklärt sein Großvater, zwischenzeitlich von Mussolini bewohnt, später lange Zeit leer, heute ein Hotel für wenige – texanische Magnaten, die mit hässlichen Töchtern vor einem unbenutzten Kricket-Rasen sitzen oder ihre müden Bahnen in einem Pool aus jadegrünem Marmor schwimmen. Der Bootsherr greift nach einem Fernglas auf der Ablage über den Armaturen und sieht zu den wenigen, die da und dort in Korbstühlen Zeitung lesen, während auf dem Rasen, wie lebensgroße Porzellanfiguren, Kellner in weißen Jacken bereitstehen. Natürlich hatte ich dort auch schon Leute untergebracht, der Service ist bestechend, verführt aber auch zum Müßiggang, der verdummt. Und das Ganze bei fehlender Abendsonne. Wie du siehst, steigen die Berge hier am Westufer immer steiler an – er zeigt in Fahrtrichtung, die Kamera folgt seiner Hand, man sieht das stete Steilerwerden. Nach einem Elektrizitätswerk am See, halb in den Fels gebaut, kommen erst kleinere Wände, die hinter einer Kante im Hang senkrecht ins Wasser fallen, ein Steilufer, an dessen Vorboten sie längst entlangfahren, auf einem nahezu glatten und schon am Nachmittag von keiner Sonne mehr erreichten Seestück, das vom übrigen See wie losgelöst erscheint. Und auf einmal taucht im Dunst die Vertikale einer Wand aus Urzeiten auf, mit ihrem überhängenden Grat einige hundert Meter über dem Wasser, und der Bootsbesitzer weist den Enkel an, die Colombo wieder ins Helle zu lenken. Meine Wahl fiel vor allem deshalb auf Torri, sagt er, weil dort die Abendsonne perfekt versinkt, wenn auch zu jeder Jahreszeit hinter den Bergen. Sie kniet also nicht vor ihrem Untergang auf dem Wasser, wie es beim Meer der Fall ist, sie verliert sich nur manchmal im Dunst, ehe der See sie vor dem Versinken noch einmal auf seinem Spiegel tanzen lässt. Die Sonne feiert hier Triumphe, heute wird so ein Abend sein, und sie kann scheitern, wenn der See sie mit Nebeln tagelang aussperrt. Sie scheitert trotz ihrer Masse an Licht, wie die Müßiggänger in der Villa Feltrinelli trotz ihrer Vermögen als Urlauber scheitern; sie sehen dort nur den Luxus, nicht das Schöne des Sees. Und bei der Gelegenheit: Luxus oder Reichtum war nie mein Ziel, mir ging es um Einfluss. Geld kam dann zwangsläufig dazu, jedes Jahr mehr, der lieben Marianne gelingt es selbst bei aller Anstrengung kaum, seine Erträge sinnvoll auszugeben, auch nicht in Begleitung der Tochter. Wir können die zwei ja anrufen, ob sie schon etwas für mich gefunden haben, ich würde aber sagen: Sie haben nichts gefunden und sitzen gerade, erschöpft von nichts, bei zu teurem Cappuccino auf der Piazza Erbe, wir werden es hören - er legt das Fernglas zurück und greift zum Telefon, während sich der Junge eine Bemerkung zu der Geschenkefrage erlaubt: Die beiden könnten auch in einem Antiquitätenladen sein, solche Läden gebe es doch in Verona, und er sammle ja bestimmt alte Stücke.

Alte Stücke? Der Prinzipal sieht auf die Uhr, eine Vacheron Constantin, das Modell mit Minutenrepetition, jetzt von nahem. Nicht ganz, sagt er, ich sammle schöne Bilder dieser Gegend. Und in der Kunst ist schön nun einmal gleichbedeutend mit alt, wobei ich unter schön nicht lieblich verstehe, sondern die Balance zwischen anmutig und genau, und schon sind wir beim neunzehnten Jahrhundert. Allerdings kaufe ich die Bilder nur bei Leuten, die mich nicht offen übers Ohr hauen wollen, und ein Antiquitätenhändler in Verona versucht das ohne jede Scham. Außerdem ist es halb drei, und alle Läden haben geschlossen, also sitzen Marianne und deine Mutter auf der Piazza Erbe und verdauen ihr Mittagessen! Er drückt die Wähltaste, Sekunden später hat er den Beweis: Die beiden sitzen auf dem genannten Platz, nach einem Teller mit Langusten, senza contorni, und trinken gerade Cappuccino. Soso, sagt er, eine Überraschung, na gut! Er zwinkert dem Jungen zu, er bläht die Backen und schüttelt den Kopf. Wo sollen wir sein, ruft er, wir sind auf dem See! Mein Enkel dreht einen Film mit mir, wir sind beschäftigt und fahren später gleich zu dem Hafen neben dem Lokal, ihr kommt dort auch hin, und es wird uns gut gehen, oder? Man sieht ihn nicken, als sei die Frage mit Ja beantwortet, dann behauptet er, sich auf die Überraschung zu freuen und unterbricht die Verbindung. Er legt das Telefon zu dem Fernglas, er zwinkert in die Kamera, und der Junge geht von dem Gesicht, in dem alles etwas zu groß ist, zu der Tiefenanzeige, wo sich die Zahlen nun überschlagen und auf die Dreihundert zuspringen, als stürze die Wand, der sie sich nähern, unter dem Wasserspiegel geradewegs weiter nach unten. Damit wäre also mein Geburtstagsabend gerettet, bemerkt der Jubilar. Wir essen auf einer Landzunge südlich von Torri, in San Vigilio mit dem bestmöglichen Blick auf den See; wir haben eine ganze Loggia für uns, direkt über dem Wasser, bereits vor Wochen reserviert – San Vigilio, sagt dir das etwas?

Der Kenner der Gegend scheint wenig Zutrauen in die Bildung des Enkels zu haben, er beginnt sogleich mit einem Vortrag über den Ahnherren San Vigilios, benannt nach dem heiligen Vigilius, dem dort schon im dreizehnten Jahrhundert, man stelle sich vor, eine Kapelle gewidmet war. Und dieser Ahnherr, erklärt er mit weiter Geste in Richtung des südlichen Sees, der Humanist Agostino Brenzone, ein Mann aus begütertem Haus, hat später die Landzunge, seit fünfzehnhundert im Besitz der Brenzonis, ausgestaltet, wie es eben oft einzelne sind, die die Dinge gestaltend voranbringen. Er hat Villa und Nebengebäude samt einem kleinen Hafen um fünfzehnhundertvierzig, wenn du dir das merken willst, durch den berühmten Veroneser Baumeister Sanmicheli errichten lassen, zu Beginn der Renaissance eine Spitzenkraft, der Brenzone durch sein Wirken als Jurist bekannt war – die üblichen Verbindungen im Leben. Und so entstand San Vigilio, wo wir nachher essen werden, ein durch Menschenwillen geschaffener göttlicher Ort, der auch später allerlei Große anzog – der ausgebootete Churchill etwa hat dort nach dem Krieg aquarelliert, um sich zu beruhigen. Und wie alte Fotos zeigen, gab es schon damals den in eine Unterart der Zypresse hineingeschnittenen Seezugang vor der Front des Herrenhauses: in Form einer weiblichen Pforte oder Scham, sicher ein reizvolles Motiv, hörst du mir eigentlich zu? Mit der Hand ohne Ring, seiner gleichsam unverheirateten freien Hand, deutet der Kenner der Gegend, indem er Daumen und Zeigefinger leicht geöffnet nach unten hält, die erwähnte Pforte und ihre Bedeutung an, und der Junge, mit der Kamera nah an der Hand, fragt Welche Unterart?, als wolle er ablenken oder einmal mehr sein vermeintliches Banausentum an den Tag legen, jedenfalls schenkt sich der Kenner vom Franciacorta nach und prostet dem Enkel etwas von oben herab oder leutselig zu; Schwenk von der Hand auf die Armaturen. Dreihundertachtunddreißig zeigt der Tiefenmesser inzwischen.

Dieser See, sagt der Kenner des Sees, enthält wegen seiner Tiefe mehr Wasser als der flächenmäßig größere Bodensee. Er ist in jeder Hinsicht atemberaubender, besonders an diesem Ufer, während der Bodensee, vor allem der untere, ja eher melancholisch wirkt. Seine Mattheit an einem Junisonntag übertrug sich auf uns Schüler, die wir noch keine iPods hatten, um uns aufzumuntern, sondern nur das Küssen, wenn man dazu Gelegenheit hatte, die Raucherei und allenfalls ein Transistorradio mit AFN-Empfang. Wir wollten etwas erleben, und wir haben es erlebt, an solchen Junisonntagen, wir haben die Melancholie erfahren und Heine gelesen und manche, wie Freund Roedel, sogar Hölderlin, den Hyperion. Ja, ich höre noch, wie er mir – an einem dieser Oktobertage, an denen sich die Nebel über dem See erst nach der sechsten Stunde heben und einen Himmel von reinstem Blau, dem Blau von Fra Angelicos Bildern, freigeben – aus dem Hyperion vorliest, in einer Sonne, die das Fallobst zum Schmoren bringt, bis ein betörender Geruch entsteht. Und auf unserem Weg unter Apfelbäumen hinunter zum

Schilf und weiter bis zum Landungssteg mit Blick auf das alte Schlossheim liest mir Roedel die erste Diotima-Stelle vor, mit kurzen Pausen, um eine zu qualmen – er qualmte ja schon damals wie verrückt –, und einer längeren Pause vorne am Steg, hinter dem Zollhäuschen mit seiner Nische, dem Ort der Kettenraucher und Dauerküsser, jedem Lehrerblick entzogen. Und in dieser längeren Pause, wir beide mit unseren Zwacken im Mund, so hießen Zigaretten damals, tauchte das alte Schwein Bellinghaus auf, später Thyssen und Rheinmetall, heute Marbella mit Handicap acht, und erzählte uns etwas von Karin Bischof und Klaus Holder – sie habe ihm, dem Holder, in der Bibliothek einen runtergeholt, nicht wahr, und das ganze Zeug sei über die Kleist-Ausgabe gegangen, und sie hätten das alles putzen müssen, Seite für Seite, und da war's natürlich aus mit dem Hyperion. Roedel hatte einen seiner Lachanfälle, die ja schon damals heiser klangen vom Rauchen, er wäre fast erstickt vor Lachen, und erst letztes Jahr, am Telefon, kam er plötzlich auf diese alte Geschichte zurück und lachte schon wieder oder noch immer in seiner ewigen Berliner Dachwohnung, wo ich ihn nur ein einziges Mal besucht habe zwischen all den Büchern und Platten von damals. Und dann putzen sie das, Seite für Seite, keuchte er vor Lachen und beschrieb diese Putzerei, die sechsundvierzig Jahre zurücklag, als sei er dabei gewesen, und drei

Wochen später stürzt er sich neben einem Türkenimbiss auf die Straße, ohne vorher noch einmal anzurufen – wenn es am Geld gelegen hätte: mein Gott! Und du nimmst hier immer noch alles auf? Bitte, wenn's dazu führt, dass Leute wie Holder und Roedel unsterblich werden – ich nehme an, du kennst die Namen, es sind legendäre Figuren, von einer Karin Bischof will ich gar nicht reden, sie gehört, in Bronze gegossen, in die Bibliothek. Und gibt es da die alte Kleistausgabe noch, halbleinen, weinrot, mit der grandiosen Hinterlassenschaft trotz Putzen?

Der Enkel schweigt, was soll er auch sagen, und natürlich nimmt er noch alles auf. Man sieht die Felswand, wie sie schier in den Himmel wächst, das Boot schon fast in ihrem Schatten, man sieht einen einzelnen Flugsurfer, kaum mehr als ein Strich im Dunst, hochgerissen von seinem Drachen. Und dann doch eine Art Antwort: In der Bibliothek sei jetzt an jedem Platz ein PC, und von diesen Leuten, Bischof und Holder, habe er nie gehört, sorry, und von Kleist nur in Zusammenfassung, auch so ein Liebeskranker oder Gestörter – hat er sich nicht erschossen?

Hat er, ruft der Principale und wirft seinen Bauernschädel zurück, das anwaltlich geschützte Haar im Wind, während der Junge lenkt und filmt und die Bildungsprüfung weitergeht. Wusstest du, dass Laub und Liebe denselben Wortstamm haben? – eine Frage in die Kamera, als sei die Person dahinter schon aufgegeben. Das Schöne und das Wärmende des Laubs, dazu die Möglichkeit als Nahrung für die Tiere, haben es den Menschen früher nahegelegt, das bekannte gute und nicht etwa kranke Gefühl für jemand anderen auf ein Stück Natur zu übertragen.

Und wenn es sich nun in umgekehrter Reihenfolge abgespielt hat, hält der Enkel dagegen: das vom Laub erzeugte Gefühl als Vorbild für das unvernünftigste Empfinden im Hinblick auf einen bestimmten anderen, ob Mann oder Frau, und damit für das Wort Liebe? Er schnappt nach Luft, man hört es deutlich: als hätte ihn dieser Einwand, das Wort Liebe betreffend, überfordert, und sein Großvater greift ihm wieder ins Steuer. Empfindungen, mein Guter, sind weder unvernünftig noch vernünftig, sie sind nur unvermeidlich. Als die ersten Bessergestellten nach Verlust ihrer Arbeit plötzlich zwei Etagen nach unten fielen, gewissermaßen auch neben den Imbiss, weil die gewohnten Netze, die das staatliche Ganze mit ihrer Last in die Knie gezwungen hätten, auf meinen Rat durch kleine Flügel ersetzt worden sind, die freilich noch nicht jeder handhaben konnte, weshalb es ja zu den Stürzen kam – auf die sich wiederum alle Kommentatoren gleich stürzten –, empfand ich einen Schrecken gegenüber dem Erdrutsch, den ein einzelner bewirken kann, einen Schrecken über sich selbst, wie ihn vielleicht Feldherren zu Beginn der Schlacht empfinden. Aber waren wir nicht bei der Liebe? Der

Kenner der Gegend und Kenner des Lebens lenkt das Boot auf die Felswand zu, sie droht ins Bild zu kippen, ihr Gestein, in schrägen Schichten, ist knochenfarben wie das der Domkuppel. Das Laub, nimmt er den Faden wieder auf, dürfte älter sein als die Liebe, das Wort aber kaum jünger. Erst die Gefühle, dann die Worte, hattet ihr nicht die Romantiker? Aber sie war ja nicht euer Ort, die Schulbibliothek, schade.

Wieso schade? Halblaut, wie mit sich selbst redend, kommt diese Frage, während der Gefilmte nur den Kopf schüttelt über einen Enkel, der die Schulbibliothek in keiner Weise genutzt hat, ein Kopfschütteln, das der Enkel erst mit einer weiteren Frage beendet: Warum er sein Leben, bei solchen Vorlieben, denn nicht schöneren Dingen gewidmet habe? Statt dessen die Beschäftigung mit Autos und Politik und das sechzehn Stunden am Tag.

Achtzehn zuletzt, verbessert der Gefragte, und in der Phase der Angriffe auf meine Person auch zwanzig, davon die Hälfte im Flugzeug. Und sobald man dort die Zeitung aufschlägt, stößt man auf eine Beschmutzung und die Mitreisenden tun, als hätten sie dich nicht erkannt, oder, schlimmer noch, sie machen aufmunternde Gesten. Und du willst also später Filme machen, was für welche? Liebesfilme, Dramen, Komödien? Einfach nur gute, kommt es aus dem Hintergrund. Aber das hat wohl auch etwas mit Geld zu tun.

Die Hand mit der Bauernbräune greift zum Zündschlüssel, sie dreht ihn um, die Motoren gehen aus. Wieviel brauchst du? Eine leise Frage in der plötzlichen Stille auf dem Wasser, und als keine Antwort kommt oder höchstens ein Achselzucken, sieht man den Bootsherrn die Waffe aus dem Kühlschrank holen. Finanzierung, sagt er, ist die Gletscherspalte bei allem, was am Ende gut sein soll, das gilt auch für gutes Kino; es gilt nur nicht für das Fernsehen, weil das Fernsehen selbst eine Gletscherspalte ist. Ich nehme an, du hast mich dort häufig erlebt, ich musste ja von Runde zu Runde. Und wie man heute weiß - obwohl ich jedes Verbreiten des angeblichen Sachverhaltes durch einstweilige Verfügung gestoppt habe -, gab es zwischen mir und der zweifellos apartesten aller Ausfragemeisterinnen ein Verhältnis, auch du wirst davon gehört haben, schon durch unsere Frau Tochter, bei der sich die gute Marianne ausgeweint hat. Es war die TV-Dame Nummer eins aus der Geschwätzriege, die mich mit zu Fall gebracht hat, nicht zuletzt durch ihr untypisches Schweigen, vielleicht daher mein Ressentiment. Fernsehstars sind ja, je weiter sie es gebracht haben, in der Mehrzahl größenwahnsinnige Angsthasen, die sich in jeder Fensterscheibe beobachten, um zu sehen, ob es sie noch gibt. Letztlich glauben sie nur an ihr Gesicht, das die Leute auf der Straße erkennen, und wenn das endet, sind sie tot, obwohl sie noch herumlaufen, die wahren Untoten, mein lieber Viktor oder Vigo, Menschen, die keinen Frieden finden, nur eine schreckliche Stille um sich.

Und du? Der liebe Viktor oder Vigo scheint nicht anders zu können, als das zu fragen, und sein Großvater bedeckt das Gesicht mit den Händen, wie es Leute tun, wenn sie Tränen verbergen wollen, womit bei ihm nicht zu rechnen ist, nicht in Gegenwart eines Enkels, den er kaum kennt; sonst würde er sich, aus dieser Kenntnis heraus, auch wegdrehen, weil der Junge natürlich die Zoom-Taste drückt, bis man das Glitzern zwischen den Fingern sieht, wahrscheinlich von Schweißtröpfchen, die aus dem Haar laufen. Du willst also wissen, ob ich mich als lebende Leiche fühle, sagt der Principale zwischen den Fingern hindurch, dann erst hebt er die Hände und legt sie auf seinen Schädel und dreht sich jetzt doch weg, der Felswand entgegen. Nun, gelegentlich werfe ich einen Blick in die einladende Zwiebelturmkirche von Torri, wenn sich dort die Dörfler zur Heiligen Messe drängen, darunter viele, die mich kennen und grüßen, einige überschwenglich. Ich bleibe dann im Eingang stehen, zwischen Buben, die in der Nase bohren, und Mädchen, die an ihren Kleidern zupfen, und weiß es zu schätzen, dass ich zur Not immer noch gläubig sein kann, was für Untote nicht zutrifft – ein gereifter Kinderglaube, nicht das Schlechteste mit Mitte sechzig. Ich glaube an etwas Höheres, was es mir erlaubt, auch an mich selbst zu glauben und dabei noch den Verstand zu behalten. Und ich hätte wohl die Reformen, die sich doch im Alltag allmählich auszuwirken beginnen, ohne diesen Doppelglauben nie so entschieden auf den Weg gebracht, von allen Nebenerscheinungen unbeeindruckt, einschließlich der zahlreichen, in der Umgebung jener Ämter, die aus den Reformen auch Taten machen, neueröffneten Bierbuden, die meinen Beinamen tragen, Zum Principale oder auch nur Prinzipal, in der gebräuchlichen Schreibweise – bestimmt hast du solche Buden schon gesehen und dort, spaßeshalber, selbst schon etwas getrunken. Aber du trinkst ja nicht, auch kein Bier?

Auch kein Bier, wiederholt der Junge und richtet den Camcorder auf die Felswand, die jetzt schon so nah ist, dass man ihren Überhang deutlich sieht, vier-, fünfhundert Meter über dem See ein Brocken groß wie ein Autobus, der jeden Augenblick abzubrechen droht, auch wenn er schon Jahrtausende gehalten hat. Der See ist fast unbewegt in dem Schattenbereich vor der Wand, und man hört nur den Flügelschlag kleiner Vögel, die in den Felsspalten nisten. Stille und Unbewegtheit sind wie ein und dasselbe an dieser Stelle, man sieht auch kein anderes Boot, als der Junge einen Rundumschwenk macht, da ist nur der Drachensurfer, fern im Dunst. Sie sind allein, der Großvater und sein Enkel, und man erschrickt ein wenig, als die Stille aus dem Off, wie man sagt, unterbrochen wird. Ob ihm das nicht nachgeht, bis in den Schlaf, wenn sich Leute, die infolge seiner Ideen durch geringe Arbeit ein noch geringeres Geld verdienen, das am Ende nur mit staatlicher Hilfe zu einem Leben mit geringsten Ansprüchen reicht, ihre viele freie Zeit an Bierbuden herumbringen, die den Namen des Vaters des Gedankens ihrer Existenz tragen und dazu noch in Rufnähe zu jenen Stellen liegen, die auf alle sozialen Fragen früher oder später eine Antwort erteilen, in Form von Bescheiden, die das Leben immer noch schwieriger machen, oder nicht?

Diese kleine Einschränkung hängt der Enkel gerade noch an und bringt damit den Vater des Gedankens wieder dazu, in die Kamera zu sehen. Himmelherrgott, die soziale Frage, ruft der Gefilmte – wäre ich zu Beginn meiner Laufbahn in diese größte aller Fallen getappt, hätte ich nie etwas von Dauer geschaffen! Ich hätte Artikel verfasst oder andere Dinge mit einer weiblichen Färbung getan und wäre bei der Gewerkschaft gelandet, bestenfalls in einem Ausschuss für solche Fragen, neben Scheinheiligen, die lieber im Sternelokal sitzen, bigott wie die Bande der Kommentatoren. Ist dir schon einmal in den Sinn gekommen, einen Menschen zu erschießen? Man sieht die Hand des Großvaters, den Griff zur Pistole. Mir schon, sagt er und feuert auf die Felswand, dass einem der Knall in die Ohren fährt und das Echo die Armhärchen aufstellt, während in sechzig oder siebzig Meter Höhe kleine Stücke aus der Wand splittern und Vögel aus den Spalten schießen mit lautem Geflatter, bevor die Steinsplitter aufs Wasser prasseln; ein kurzer Hagel, dann herrscht wieder Stille. Und zwar Leute, die sich als Apostel aufspielen und meinen Namen benützen, um im Licht dazustehen, verglichen mit dem Dunkel, das sie neuerdings mit mir verbinden, die würde ich gerne erschießen, tue es aber nicht. Ich ziele nicht einmal auf ihre bildschirmfüllenden Köpfe, ich stelle nur den Fernseher ab und halte mir die Waffe, probeweise, selbst an den Kopf – er drückt sich die Mündung an die Schläfe und lächelt –, was nur deutlich macht, dass ich der einzige bin, den auszulöschen mir freisteht. Wie lange halten eigentlich die Batterien in deinem Gerät? Natürlich meint er den Akku, und der Enkel sieht auf die Anzeige. Knapp eine Stunde, hört man ihn sagen, aber in der Tasche ist ein Ersatzakku, oder was haben wir noch vor? Wie nebenbei erwähnt er diese Reserve in seiner Ausrüstung, um gleich auch wie nebenbei zu fragen, ob man nach so viel Beschmutzung der eigenen Person, nach so viel Kacke auf die Backe, schon einmal daran denke, sich das Leben zu nehmen.

Sich das Leben nehmen? Geradezu bedächtig legt der Bootsherr die Waffe zwischen Fernglas und Mobiltelefon, mit der anderen Hand streicht er sich über das amerikanische Kinn, dass man die Stoppeln hört.

Das Leben nimmt man sich, indem man lebt, nicht stirbt! Und was weißt du schon, ruft er in einem Ton, der an seinen letzten Fernsehauftritt erinnert, als er einer Kandidatin der Gegenpartei über den Mund fuhr: dass sie nichts, aber auch gar nichts wisse, und nie eine Tätigkeit seiner Art auch nur einen Tag lang verrichten könne. Ich weiß nur, was alle wissen, erwidert der Enkel. Man liest von Abermillionen an Leute, die nichts weiter getan haben, als ihren Hut zu nehmen, und sieht im Fernsehen gespreizte Finger wie bei dem Engländer, bevor er mit Wasserfarben gemalt hat. Und von schwarzen Kassen liest man auch, ebenso von sicheren Kantonisten, kaum dass sie aus der Karibik zurückgekehrt sind.

Nach einer Woche Havanna? Der Prinzipal ringt die Hände oder zeigt sich als Händeringender, er schließt die Augen und zieht seine Brauen hoch, als sei das alles kaum zu fassen. Diese Leute, sagt er, können sich das auch selber leisten, alle möglichen Leute können sich Havanna leisten, man glaubt ja nicht, wen man dort trifft, zum Beispiel unseren beliebtesten Geistesvertreter und Mahner in jeglicher Hinsicht. Wir teilten ein Hotel, dort tanzte er die halbe Nacht mit Frauen, die eigentlich für meine Gäste bestimmt waren, eine Feier nach der Einweihung eines Kulturhauses, Casa Rilke, wie der Dichter, nur dass es dieses Haus gar nicht gab, wie ich später erfuhr, dafür den Fluss der Mitgliedsbeiträge, nachdem die Geistesgröße für das Phantom geworben hat; meine spezielle Kubanerin klärte mich darüber auf. Wer Gedichte auswendig weiß, weiß auch, wie mit Dichtern Popanz getrieben wird, womit gesagt sein soll, dass wir keineswegs die einzigen waren, die sich Havanna haben zu Kopf steigen lassen. Und einen Betriebsrat, zugegeben, kann dort allein schon die Musik umstimmen, während es Politiker in Aufsichtsräten nicht unter einer Loge im berühmten Tropicana tun und am Ende des Abends noch auf die Salsaprinzessin optieren, was neben der Kunst des Schweigens auch Organisation verlangt, dazu das rasche Küren weiterer Prinzessinnen. Das Erweichen von Meinungen ist ein komplizierter Prozess, nur der Laie spricht von Bestechung. In Wahrheit zeigt man sich im voraus erkenntlich – erkennen, was dem anderen fehlt, Ansprache, Zuwendung, Liebe.

Durch bezahlte Frauen? Schnell, ja atemlos dieses Widerwort aus dem Hintergrund, und der Gefragte lacht. Er füllt sein Glas auf, er lacht den Enkel aus. Worauf fällst du herein? Bezahlte Frauen, Prostituierte, schwarz noch dazu wie die Kassen – junge Leute ergreift bei dieser Vorstellung bekanntlich ein Schauder. Also reden wir besser von deinem Bewerbungsfilm, gibt es schon eine Idee? Er sieht in die Kamera, während sein Telefon auf der Ablage zu klingeln beginnt, ein nüchterner Ton. Nein, antwortet der Junge, noch keine Idee.

Noch keine Idee? Da wird es Zeit, sich anzustrengen! Der Angerufene greift zu dem tönenden Gegenstand – meine liebe Frau oder auch deine Großmutter, sagt er und stellt den kleinen Lautsprecher an, und schon hört man eine leicht gepresste, wie von Verschwörung berichtende Stimme, ihr Schwärmen von einem gerade gekauften Paar Jeans, Jeans wie angegossen – und für ihn gebe es sogar eine Riesenüberraschung, mehr verrate sie nicht! Ein Ausruf, der das Gespräch, das keins war, beendet, der Angerufene stellt das mobile Telefon ab. Sie macht das neuerdings immer, sagt er mit dem Rücken zur Kamera, im Begriff, seine Hose gegen Badeshorts zu wechseln – mich anrufen, sobald sie irgendwo ein Kleidungsstück gefunden hat, das ihr steht! Frauen werden seltsam nervös, wenn sie die Sechzig überschritten haben und noch attraktiv sind, so nervös, als könnte über Nacht die Unsichtbarkeit über sie hereinbrechen. Ich nehme an, du hast eine Freundin, ja? Seine Hose fällt zu Boden, und er steigt, weiterhin abgewandt, in die Shorts, bei guter Haltung auf einem Bein. Und ich nehme auch an, dass sie recht jung ist – aber lass dir gesagt sein: Je jünger die Frauen, desto mehr haben wir Männer die Nervosität am Hals. Du hast doch eine Freundin, oder?

Die Bilder wackeln wieder für Sekunden, trotz Bewegungsdämpfer oder Steady-Shot, der Junge scheint den Kopf zu schütteln, mehr instinktiv als bewusst, sonst würde er Nein sagen. Und sein Großvater gibt sich mit diesem Ausweichen zufrieden, er geht in den hinteren Teil des Boots. Dort lässt er eine verchromte Badeleiter mit Holzstufen ins Wasser. Wie wär's, wollen wir schwimmen? Das Wasser ist so weich wie Haut, wenn ich mich an weiche Haut richtig erinnere. Wir können an den Fels schwimmen, siehst du die Sedimentschichten? Es sind die Alterszeichen der Wand. Sie besteht aus Kalk, dem Kalk von Billionen amphibischer Skelette, ihr versteinerter Tod. Dicht über dem Wasserspiegel beginnt erst das Moos, und wenn wir den moosigen Fels mit den Füßen berühren, können wir nur ahnen, wie weit er unter uns in die Tiefe fällt. Oder hast du Angst? Der Schwimmbereite sieht in die Kamera und steigt dabei auf die Bootskante, er fragt noch, wieviele Pixel das Gerät, das ihn aufnehme, habe, und sein Enkel ruft es ihm zu, als er schon mit einem Rückwärtssprung, wie ihn die wenigsten schaffen, im Wasser verschwindet.

3

Zweikommasieben Millionen Lichtpunkte oder Pixel hat das Gerät, wenn man den Herstellern glaubt, ein High-Definition Video-Camcorder, der kleinste seiner Art mit der größten Leistung, nicht nur in der späteren Schärfe, auch schon auf dem Monitor und das sogar bei Sonnenlicht. Alles Aufgenommene kann man sich mühelos zwischendurch ansehen, aber der Junge zieht es vor, weiter zu filmen. Er hat nur das Tape oder Band nach knapp neunzig Minuten getauscht, der erste Schnitt, und bei der Gelegenheit wohl auch gleich den Akku gewechselt. Jetzt filmt er die Wasserfläche, wieder glatt nach dem Aufspritzen und auch nicht mehr blau bis grau, je näher der Fels kommt, sondern pfauenfarben, darin ein länglicher Schatten, sein Großvater.

Und der hat offenbar genug Luft und auch den Schneid, die moosige, steil nach unten stürzende Kante ein Stück zu ergründen, während sich sein Enkel für eine einzelne Möwe auf einem Vorsprung in einer der Sedimentschichten interessiert. Wie ausgestopft sitzt sie da, und er filmt die Wand über ihr, obschon sich dort nichts bewegt, bis der Überhang ins Bild kommt: nur kurz herangeholt, dann sieht man wieder die Möwe, die einen Augenblick später lautlos davonschwebt, parallel zum Fels. Der Junge hält ihren Flug fest, auch noch, als sie zum See hin abdreht, und da erst scheint ihm sein einziger Darsteller wieder einzufallen – der noch immer nicht aufgetaucht ist, aber man sieht seine Arme weit unten im Pfauenwasser, ein Tasten an der Mooswand, langsam nach oben, bis endlich der Kopf erscheint, das Haar wie angeklebt; ohne Hast atmet er ein und aus.

Du scheinst nicht viel von Sport zu halten, ruft er, warum, bist du krank? Der Aufgetauchte schwimmt ans Boot, aber nicht an die Badeleiter. Er schwimmt zum Bug und zwingt den Filmenden aufs Vorderdeck, ein kurzer Bildertanz beim Übersteigen der Frontscheibe, dann legt sich der Enkel zwischen Ankerwinde und Reling, wo sonst, auf den Bauch; man sieht den Schwimmenden mit Blasen vorm Mund, die Arme ausgebreitet, er gibt sich amphibisch. Würden die Leute in den Bierbuden, die meinen Namen tragen, Sport treiben, hätten sie geringere Probleme, sagt er in die Kamera. Die meisten sind zu fett und rauchen und sind jünger als ich – der weder raucht noch fett ist. Weil ich schwimme und laufe. Ein Paar herabgesetzte Sportschuhe kostet heute weniger als zwei Schnitzel. Also könnten diese Leute täglich laufen und würden damit das System entlasten. Statt dessen sitzen sie herum und warten auf Wunder. Aber so kommt kein Mensch nach oben, man muss geschmeidig sein – elàstico, wie man hier sagt! Der Principale taucht ab und kommt, in einem Kranz kleiner Blasen, wieder zum Vorschein, als wolle er das elastische Nach-oben-Kommen zeigen. Dann hebt er einen Arm, die Hand geht zur Kamera, wie ein Anlauf, sie ins Wasser zu ziehen. Ein Amateurgerät, etwas zu klein, um das alles hier festzuhalten. Du willst doch sicher ein größeres? Und vom Enkel kein Wort, nur ein Heranholen der Augen des Schwimmers, bernsteinfarben, blitzend. Oder fehlt dir die innere Freiheit dazu? Die Freiheit des Straßenjungen, sein Ehrgeiz und die Reflexe, die mir immer geholfen haben. Dazu die unstillbare Neugier, wenn man Bildung nicht mit der Muttermilch eingesaugt hat. Und ich eigne mir immer noch Neues an, etwa das Schreiben oder Kochen – ein kleiner Ruck geht durch das Boot, der Schwimmer hat sich abgestoßen und treibt langsam zum Heck, die Kamera folgt ihm. Denn bürgerliches Leben, ruft er, spielt sich heute zwischen Autonomie und Verpflichtung ab, zwischen dem Caprese, das du dir selbst zubereitest, aus einer frischen Buffala und gepflücktem Basilikum, nebst Tomaten in der Marinade aus Öl und Balsamico, und einem Geradestehen für Maßnahmen, die dem Gemeinwohl dienen. In deinem Alter dachte ich, diese Dinge seien passé, mein Idol war der Aktivist, viel später erst der Reformer. Aber Bergeversetzen verlangt festen Boden, erst der Boden, dann die Berge. Und warum sollte dieser Boden nicht schön sein? Terracotta ist dem Asphalt vorzuziehen. Und es gibt offene und spröde Frauen. Wie es auch spröde Betriebsräte und Politiker gibt. Die ich mit offenen Frauen zusammengeführt habe, an schönen Orten. Wer Schnitte in eine Gesellschaft macht, muss nicht selbst die Schere sein, er muss sie nur führen, was die wenigsten können. Männer wie ich schauen ab einem gewissen Alter in die Runde, wer für sie als Nachfolger in Frage kommt, sie schauen und schauen und entschließen sich am Ende weiterzumachen; ich wäre noch immer dabei, hätten gewisse Leute nicht den Niederschlag meiner menschlichsten Seite hochgespielt!

Der Principale besteigt sein Boot über die Leiter, er greift sich ein Handtuch und zieht vor der Kamera die Badehose aus. Leute, die von Werten reden, sagt er beim Abtrocknen der Beine, und dabei nur den Wert ihres Kommentars im Auge haben, den Tageserfolg, während ich in Dekaden denke. Ich kenne diese Menschen, sie gehören der Generation an, die nicht mehr in der Lage ist, auf der Straße ein Lied zu pfeifen, ihnen fehlen die Freude, das Geschick und die Melodien. Oder hat man je einen Kommentator pfeifen hören?, fragt er beim Umschlingen des Handtuchs zu einem Rock. Mein Vater pflegte am Abend, wenn er hinter den letzten Gästen der Badeanstalt abgeschlossen hatte, die Melodien von Glen Miller zu pfeifen, dass es in den Gängen hallte. Und in seinem Auge – er hatte nur eins – strahlte dabei der schöne Götterfunken. Seine Freude war meine spätere Kraft für alles Umgestalten der Gesellschaft. Und Havanna war nur eine Station auf diesem Weg, der am Ende die Werte erhält, weil man ihre Grundlagen, Erziehung und Bildung, damit finanzieren kann, was wiederum zu Arbeitsplätzen führt und Menschen wie dir eine Laufbahn im Bereich des Überflüssigen ermöglicht. Gibt es denn schon Kontakt zu Leuten, die dir nützlich sein könnten, hast du Verbindungen?

Eine väterliche Frage, wohlmeinend, aber auch etwas herablassend, mit schrägem Kopf gestellt, in der Art des Moderators, der auf eine persönliche Note aus ist, um den Ernst einer Lage aufzuhellen. Also nicht, sagt er, einer Antwort vorausgreifend, und der Enkel dreht für einen Moment die Kamera um und lächelt nur müde, so gut man mit achtzehn müde lächeln kann, Wangen gebläht, zwischen den Augen ein Fältchen, während im Hintergrund ein lebenserfahrener Seufzer zu hören ist, und schon sieht man den Seufzenden auch, wie er zu seiner Waffe greift. Er zielt auf den Überhang, schießt aber nicht, sondern macht nur das Geräusch, das Kinder machen, wann immer sie Schießen spielen, puhh. Aber Kontakte, mein lieber Vigo, sind alles, und das Anknüpfen und Pflegen lernt man durch den Umgang mit Frauen – dir fehlt eine Freundin, warum? Fehlt dir vielleicht auch das Verlangen? Beim Zurückkämmen des braunen Haars kommt diese ungeschickte Äußerung, und der Fragende merkt es wohl auch, so, wie er die

Hände hebt, als würde man auf ihn zielen. Sein Enkel aber räuspert sich leise, man hört ihn atmen, einen Anlauf nehmen. Ob er noch diese Fernsehgeliebte habe.

Nonsenso! Der Principale schlüpft unter dem Handtuchrock in eine Hose, er scheint sich nun doch zu genieren. Seine Geliebte, erklärt er, sei dieses Boot, oder gebe es etwas Schöneres weit und breit – die Aufforderung zu einem Schwenk über Armaturen und Vorderdeck bis auf den See vor dem Bug. Noch immer sieht man kein anderes Boot, nur in einiger Ferne den Kitesurfer, wie er mit seinem Brett oder Board, nach einem Höhenflug in den Winden, die von den Bergen gestaucht über die Seemitte gehen, hart aufs Wasser schlägt; man glaubt es zu hören, und sieht dann auch, halbnah, Drachen und Leine fallen, und auf einmal erkennt man, trotz Dunst und Wellen, die kleine Figur, die sich ans Board klammert: die eines Mädchens oder einer Frau, wenn langes Haar dafür ein Zeichen ist. Aber Boote überdauern oft ihre Liebhaber, und man kann sie auch nicht streicheln, erwidert der Junge hinter der Kamera, und der Bootsbesitzer legt sich, wie zum Beweis für die Zärtlichkeiten mit einem Boot, auf die hintere Sonnenfläche, Kopf in die Hand gestützt. Wie soll es mich überdauern, sagt er, wenn ich an ein Weiterleben glaube. Kein Wesen kann zu nichts zerfallen: Goethes Wort in Gottes Ohr! Aus einer der Spalten im Sediment fliegt eine weitere Möwe, aufgeschreckt von dem Ausruf, ein ruhiger Flug, den der Enkel verfolgt. Und die frühere Geliebte, war sie hier auf dem Boot?

Ja – eine Antwort so schnell, als gäbe es noch überall Spuren –, einmal waren wir auch auf diesem Boot, es war bereits das Ende. Sie sagte zu mir, es hat keine Zukunft. Das waren genau ihre Worte, während meine Hand noch auf dem Bauch lag, den ich vorher geküsst hatte; dann zog sie sich den Badeanzug an, lüftete die Kabine, nahm einen Schluck aus der Evianflasche, die sie immer bei sich hat, und telefonierte. Und keine Stunde später saß sie in einem Taxi zu dem Flughafen, auf dem ihr heute Vormittag gelandet seid, und schon am nächsten Abend sah ich sie in ihrer Sendung, alles verstehend wie eh und je, als sei sie gar nicht weggewesen, ja nie auch nur einmal berührt worden von mir. Und ich hatte sie berührt, mein Guter, an jedem Punkt, sogar ihrem Herzen, das ist die ganze Geschichte. Zwei Tage danach traf Marianne hier ein, und ich kochte für sie, ein Akt, von dem Frauen im allgemeinen hingerissen sind. Sie aber sprach nur von der Hodler-Ausstellung in Zürich, zu der ich sie geschickt hatte, mit Einkauf in der Bahnhofsstraße am nächsten Tag, sie schwärmte, während ich am Herd stand. Es gab etwas sehr Einfaches, erst Feigen mit Schafskäse, dann Pasta mit weißer Trüffel, eine ganze Knolle, die man sich selbst über die Nudeln rieb, und das einzige, was sie am

Schluss des Essens, schon im Aufstehen begriffen, sagte, war: Ich nehm den Rest dieser Knolle jetzt mit ins Bett!

Der Frauenkenner und Trüffelliebhaber sieht für einen Moment in die Kamera und vergrößert seine Augen; für die Dauer eines Blicks kann er sie aufleuchten lassen, als seien sie anders beschaffen als gewöhnliche Augen. Eine kurze besondere Wertschätzung liegt in diesem Aufleuchten, ebenso ein Fixieren und gültiges Erkennen. Ich sehe dich, sagt sein Blick, aber auch: Ich sehe dich überhaupt – eine Kunst, die er sich zweifellos bei Politikern abgeschaut hat, wenn sie Leute aus dem Volk begrüßen und den Eindruck erwecken, es sei nicht die erste oder die letzte Begegnung. Der Junge macht das Gesicht mit den trickreichen Augen unscharf, während sein Großvater mit dem Vortrag über Frauen fortfährt, als wolle er den Enkel auf den Verlauf einer Krankheit vorbereiten, die er selbst bereits durchgemacht hat und die ihm noch in allen Stadien bevorsteht. Merke dir eins, um nicht ins Unglück zu stürzen, die schönste Frau der Welt sollte für einen Mann immer diejenige sein, die im entscheidenden Moment in der Nähe ist, was die eigene Frau mit einschließt – frei nach Hölderlin: Wo die Not am größten, ist Hilfe am nächsten. An dem Tag, als ich alle Positionen und Ämter niedergelegt habe, empfing mich Marianne am Abend mit einer Flasche Tignanello und einer alten Buchausgabe, die schon lange auf meiner Wunschliste war, Dr. Katzenbergers Badereise von Jean Paul mit dem wunderbaren ersten Kapitel über den Zynismus. Wir leerten die Flasche, ich las ihr einige Seiten vor, und später schliefen wir zusammen, insgesamt ein erfolgreicher Abend. Und am anderen Tag kamen die Anrufe von Leuten, die schon befürchteten, ich könnte mir etwas antun. Aber das einzige, was ich mir antat, war, diese Gespräche entgegenzunehmen, mit der Folge einer Golfrunde und noch einer Golfrunde, statt erneut mit meiner Frau zu schlafen. Besser ein gewohntes Übel, dachte ich, als eine trügerische Hoffnung mehr, nämlich die Hoffnung, meine Ehe könne noch einmal ins reine kommen. Denn unsere Aussichten, glücklich zu werden, mein lieber Vigo, nehmen von einem gewissen Alter an mit jedem Tag, den wir hinter uns gebracht haben, ab. Und wie lange glaubt der Mensch, er habe die Wasserscheide des Glücks noch nicht erreicht, und freut sich auf Dinge, die längst Geschichte sind! Ich habe mir ein Boot gekauft und mich auf Fahrten mit meiner Familie gefreut. Aber es kam nie dazu. Ein paar Minister mit ihren Damen waren hier an Bord und haben getrunken, eine der Damen hat den Teppichboden mit ihrer Galle ruiniert, ich musste ihn austauschen. Nur ein Dämchen von der Straße hat sich einmal hinters Steuer geklemmt und aufs Gas gedrückt und gekrischen vor

Freude, als wir nachts über die Wellen schossen. Und du? Bist du glücklich oder unglücklich, felice o non felice?

Die unerwartete Frage bringt den Jungen aus der Fassung, er lässt den Camcorder sinken, man sieht den neuen Teppich und zwei Stufen, die zur Kabine führen. Glücklich, wiederholt er, I don't know. Und warum sollte ich unglücklich sein? Der Hauptdarsteller legt eine Hand unter das Gerät, er hebt es an, bis sein Gesicht wieder erscheint. Weil du keine Freundin hast, darum. Weil du allein bist, wie ich. Und wer weiß, vielleicht hast du noch nicht einmal geküsst.

Das Bild wird instabil, der Junge weicht auf den See aus, er sucht das Weite, könnte man sagen; und mitten in der Weite, schwer zu sehen vor Dunst, die vom Himmel Gefallene, mit dem Kopf auf ihrem Drachen, und er holt sie langsam heran, ein Zitterakt, während sein Großvater auf die eigene Ehe zurückkommt - an der auch vieles erfreulich sei, wie er beteuert. Denn einerseits, nicht wahr, sitzen Marianne und ich seit vierzig Jahren in dieser Verbindung fest, und andererseits kann man auf diese Zeit mit Stolz zurückschauen und immer noch den einen oder anderen Ausblick gewinnen. Zum Beispiel hat Marianne noch nie einen Raum, in dem ich mich aufhielt, verlassen, ohne dass ich ihr nicht auf den Hintern geschaut hätte. Wir schlafen ja auch noch miteinander, ich erwähnte es, obwohl einem diese Dinge zuletzt eher absurd erscheinen. Der gegenseitige Argwohn bleibt dabei gleichsam neben dem Bett als Hund mit zwei Köpfen, wartend, bis wir wieder Zeit für ihn haben, oft schon nach zwanzig Minuten, womit ich dir nicht den Mut nehmen will, die Dinge als solche erst einmal anzupacken. Aber achte später darauf, dass dir die Frau stets ein robustes Mandat erteilt für ihr gesamtes Wohlergehen, also auch das im Bett. Am Anfang achte dagegen auf gar nichts, nur dann erscheint dir körperliche Liebe als ein Mysterium, gleichgültig, mit wem du sie erlebst – das Erlebnis stellt die Personen in den Schatten, was auch für die Male gilt, die sich an das erste Mal anschließen. Das Geheimnis bleibt. Und aus diesem Geheimnis, das sich nicht ohne weiteres lüften lässt, ergibt sich die Liebe, wenn du Glück hast. Die beiden Akteure und das, was sie im Bett erleben, sind eins, auch Marianne und ich hatten dieses Anfängerglück. Dann aber, mit dem ersten Mal aus Langeweile, lüften sich die Geheimnisse von selbst, und irgendwann tut man die Dinge nur noch, um sie auf keinen Fall nicht zu tun. Man beweist sich, wozu man noch in der Lage ist, und auf einmal bist du zu viert. Da sind die zwei, die eigentlich gemeinsam nur noch den Mund halten können, um sich zu ertragen, und die zwei, die für zwanzig Minuten über die Stränge hauen und am Ende gemeinsam keuchen – kein schlechter

Zustand, man kann damit Jahrzehnte leben, wie mit einer Diabetes. Zuletzt aber kommt die Phase, bei der die Personen alles andere in den Schatten stellen, zwei Unzufriedene, die sich im Halbdunkel aneinander reiben, aber all das soll dich, wie gesagt, nicht entmutigen. Schließlich gehöre ich einer anderen Zeit an, der Zeit der individuellen Automobile mit Bindung der Käufer an eine Marke, wie auch der Zeit der Autoren mit fester Leserschaft oder der Niederlassungen, die zwischen Werk und Kunde eine Brücke schlagen und den Menschen an das Produkt führen, während für dich die Welt ein Salon ist, den man durch die Steckdose betritt. Ich nehme an, deine Talentprobe soll auch etwas von dieser heutigen Zeit oder deiner Generation wiedergeben, also wollen wir überlegen, was. Auch wenn ich sonst niemanden deiner Generation kenne oder mich an solche Begegnungen nicht erinnere, was an euren Gesichtern liegt, die in meinen Augen nirgendwo hingehören – blanke Gesichter, nur mit dem Stempel des Haarschnitts und einer Sonnenbrille. Und doch ist die heutige Zeit auch meine Zeit, ja, ich kann sagen, ich habe sie mitgeprägt und lebe darin, ihre elektronische Seite nutze ich, wie jeder sie nutzt, vielleicht beziehen wir die Elektronik im Boot in deinen Film ein. Man kann von hier aus ins Internet gehen, man kann Mails versenden und welche empfangen, und ich könnte den Mann spielen, der mitten im Urlaub eine dramatische Nachricht erhält, in der heruntergekommenen, üblich gewordenen Orthographie, so dramatisch, dass sein Leben damit zerstört ist und er zur Waffe greift, um den Gedanken an Selbstmord anzudeuten. Eine solche Nachricht gab es im übrigen. Man informierte mich über die Veröffentlichung der sogenannten Salsa-Affäre und das Abrücken der Regierung von meiner Person, nur hat mich das nicht auf dem Boot erreicht, sondern im Büro, in Anwesenheit einer Assistentin, die geistesgegenwärtig genug war, mir kurz die Hand zu halten. Hier auf dem Boot, mein lieber Vigo, hätte mich die Nachricht womöglich getötet. Denn ich war auf diesem schönen Boot, von den Fahrten mit den Ministern und ihren Damen abgesehen, immer allein – der Prinzipal lächelt, wie man es von Leuten mit Schmerzen kennt, wenn sie zur Abwechslung die Märtyrerhaltung wählen –, ein einsames Vergnügen, da Marianne nie mitfährt. Also warte ich auf Besuch oder nehme die Einsamkeit in Kauf. Und an Wochenenden sitze ich auf der Terrasse und beobachte Familien auf ihren Booten durch ein Glas, wie ich es auch an Bord habe, das beste, das man für Geld bekommt. Ich erkenne damit sogar das Lachen der Mütter, wenn die Väter am Steuer ihre Kinder auf einer Gummibanane hinterherziehen. Oder, falls keine Kinder an Bord sind, ihr Lachen, ehe die beiden, Vater und Mutter, weit auf dem See draußen in der Kabine verschwinden.

Und ich die Zeit stoppe, bis sie wieder auftauchen, immer zuerst die Frau, Hände im Haar, häufig noch nackt, wenn sie zur Abkühlung ins Wasser springt. Marianne schwimmt ja nicht im See, aber in den Pool ist sie auch kaum zu bewegen, und nimmt sie ein Bad, ist die Tür abgesperrt. Für viele Männer ist die Ehe die erste Begegnung mit einem Willen, der stärker ist als ihr eigener. Dazu kommen die bösen Worte, der Bann zwischen zwei Schlückchen Espresso. Mich mit dem Fernglas nennt Marianne den verdammten Späher. Aber in Wahrheit bin ich ein alter Mann mit verdammt jungen Augen. Ich sehe die Welt, als wäre ich in deinem Alter, und die Hand der Assistentin oder die ganze Assistentin war Teil dieser Welt. Sie wollte mich trösten, ich wollte sie haben. Dennoch drückte ich die Hand nur, was aus Vernunftgründen geschah, bevor ich meine Anwälte zusammen rief. Natürlich konnten auch sie nichts mehr retten, sie konnten die Niederlage nur umständlicher formulieren. Und ich stand vor der Frage, wie man vom Obensein loslässt, ohne von sich selbst loszulassen. Alle, die mich fallen ließen, hatten einen Narren an mir gefressen, und auf einmal war ich der gefressene Narr. Allein Marianne war gegen mich immer gefeit, außer im Bett, für diesen Widerspruch liebte ich sie. Es kommt ja selten vor, dass sich der Mensch in jemanden verliebt, den er nicht um irgend etwas beneiden kann – alles, was ich an Reformen auf den Weg gebracht habe, entspringt letztlich der Beobachtung ihrer Überlebenswege an meiner Seite. Und die gut bezahlten Anwälte finden für das, was tatsächlich der Fall ist, keine Worte. Es gelingt ihnen nur, das Wort Ende zu vermeiden.

Der Redende legt eine Pause ein, er schaut auf die Armaturen und bewegt kurz die Lippen, als wolle er das vermiedene Wort für sich nachholen, doch statt dessen atmet er durch die Nase, wie ein Test, ob die Luft rein ist. Wir sind über der tiefsten Stelle des Sees, sagt er leise. Dreihundertfünfundvierzig Meter, eine Zahl, die ich nicht im Auge hatte, als meine Reformen beschlossen wurden, sie ergab sich dann nur als Betrag, der unter bestimmten Umständen ausbezahlt wird, eine Summe, mit der heute schon viele leben, zugunsten des Ganzen, und alles wäre leichter, wenn es bei uns nicht für hoch und tief je ein Wort gäbe, anstatt nur eins, wie das schlichte alto, das man hier gebraucht. Man muss also mit Unruhen rechnen, weil die Menschen nur das Niedrige eines Betrags sehen, nicht seine Chancen. Und am Schluss landet alles vor Gerichten, finito.

Ob er also gescheitert sei – eine ebenfalls unerwartete Frage, wie hinter vorgehaltener Hand vom Enkel gestellt, und sein Großvater mit den jungen Augen lässt die Motoren an. Er wendet das Boot und fährt aus dem Schatten der Felswand der Sonne entgegen, oder besser gesagt, dem sonnengetränkten

Dunst über dem Wasser, jetzt, am späteren Nachmittag, schon etwas abgeschwächt: vom blendenden Weiß zu einem rötlichen Gelb (wie der Mond um diese Jahreszeit, wenn er nachts als blasser Ball über dem See hängt). Gescheitert, ruft er in die Kamera, nein! Natürlich muss man manches zurechtrücken, sonst könnte dieser Eindruck entstehen; man darf den Herren Kommentatoren, so laut sie auch im Namen aller Bequemen aufschreien, nicht die Hoheit des letzten Worts überlassen. Daher auch die Beschäftigung mit dem Schreiben, mehr als mit Gartenarbeit oder Kochen. Ich plane meine Erinnerungen, sie sollen schon nächstes Jahr erscheinen, Marianne wird mir behilflich sein. Frauen steht das Schreiben ja näher, weil sie viel öfter auf die Tatsache, dass sie ein unbeschriebenes Blatt sind, reagieren müssen, während Männer schon ihr erstes Fußballtor als Geschichte verbuchen – du spielst doch sicher Fußball? Ich habe immer Fußball gespielt.

Und vom Enkel keine Antwort, keine, die man hört oder sonstwie bemerkt, als könne er inzwischen verneinen, ohne das Bild zu verwackeln; der Großvater aber hakt nicht nach, er führt seinen Gedanken weiter und nennt das Schreiben eine windige Tätigkeit, die ein Mann nur ausüben sollte, wenn seine Lebensarbeit getan ist. Erst das fertige Buch, die fünfhundert Seiten, sind wieder von anderem Kaliber, sagt er. Und Marianne legt übrigens auf die Nennung ihrer Person keinen Wert. Sie will nicht ihren und meinen Namen auf demselben Umschlag, also meinem Porträt – in schwarzweiß, dachte ich, deine Mutter könnte es aufnehmen, zu irgend etwas muss ja die Leica, die ich ihr gekauft habe, gut sein. Ich werde lächeln auf diesem Foto, das Gesicht in die Hand gestützt. Darunter der Titel, der noch fehlt. Du spielst also nicht Fußball?

Einschnitte, sagt der Junge, oder wäre das kein Titel? Und warum soll ich Fußball spielen.

Damit du eine Freundin findest, Fußballer werden bewundert. Und Einschnitte wäre richtig, aber zu negativ. Der Titel muss die Zukunft vorhersehen; Leute wie du ernten die Früchte meiner Arbeit. Du kannst es dir leisten, keine Freundin zu haben, also die Frage von Nachwuchs und Rente beiseite zu tun, weil deine Zukunft in der Gegenwart bedacht wird. Mein Papier, das die Parteien aus dem Schlaf geholt hat, heißt Später ist jetzt, eine Idee von Marianne, sie hat solche Lichtblicke. Nur sind drei Worte zu viel für den Titel, eins genügt. Und du hältst also nichts von Fußball? Und lebst für dich und filmst den ganzen Tag – ein Leben in Freiheit, die ohne mein Werk bald zu Ende wäre. Die getanen Schnitte schaffen Freiheit. Und das zu verleumden, wie manche es tun, ist nicht Teil dieser Freiheit, sondern Folge einer kranken Idee von Freiheit. Was die Verantwortlichen, die auch nur ihr Leben leben, natürlich verwirrt – sie glauben solchen Verleumdungen und sehen nur den Schnitt, nicht die Heilung. Also sorgt jemand wie ich zusätzlich für etwas Liebesleben, damit sie ihre Verantwortung für das Ganze besser wahrnehmen können und mir den Spielraum geben, die Operation zu beenden. Und das nennst du Scheitern? Er stellt die Motoren wieder ab, das Boot gleitet noch etwas, ehe es, von der Strömung erfasst, beidreht, bis der Bug nach Süden zeigt, wo Wasser und Himmel am Ende eins sind. In der Weite jetzt ein Kahn, nur ohne Fischer, also eher privat, vielleicht ein Pärchen, das flach auf den Planken liegt – dem Jungen scheint es egal zu sein, er holt nicht den Kahn heran, er geht auf das Gesicht des Großvaters. Dieses Wort, entgegnet er, stammt nicht von mir. Immer wieder hieß es in Kommentaren: an sich selbst gescheitert, an seiner Wirkung auf andere. Man habe seine Ideen bewundert statt geprüft.

Bewundert statt geprüft, das haben sie gesagt? Der Bewunderte schüttelt den Kopf, er verschwindet in der Kabine, die Kamera bleibt auf den Stufen, die unter das Deck führen, und geht denselben Weg dann rückwärts, um wieder den See zu zeigen, nun in nordöstlicher Richtung, mit dem Baldo-Massiv auf der anderen Seite, und einem Funkeln im Dunst: vom Drachen der Surferin, der sich im Wind aufgestellt hat; man wünscht sich ein Heranholen, viel näher noch als vorher, doch der Junge sucht die Totale, darin das Funkeln als einzige Störung, bis sein Großvater eine Schwimmbrille und eine Flasche ins Bild hält. Bewundert oder geprüft, was spielt das für eine Rolle, sagt er und hält die Flasche so, dass man ihr Etikett lesen kann, Grappa di Brunello. Er genehmigt sich einen Schluck und sieht in die Kamera. Die Frage ist doch, mein guter Vigo, steht der Einzelne, also ich im vorliegenden Fall, nämlich der, der das Nötige für den großen, die eindeutige Mehrheit betreffenden Zusammenhang klar vor Augen hat, über den vielen, die diesen Zusammenhang und damit das Gesellschaftsganze zwar erst ermöglichen, seine Erfordernisse aber nicht sehen, weil dies der eigene Horizont verhindert, oder nicht sehen wollen, weil das für jeden Einbußen zur Folge hätte, wie die Klasse der Kommentatoren niemals müde wird, den Leuten vorzukauen – eine Klasse, die nichts anderes vermag, als die Wüste zu verwüsten. Und ich beantworte diese Frage mit Ja!

Er hält dem Enkel die Flasche hin, ein sinnloser Vorstoß, die Hand geht zurück, und er nimmt einen weiteren Schluck, mit der anderen Hand zieht er sich die Schwimmbrille über den Kopf, bis die Gläser über den Brauen liegen, als hätte er zwei Paar Augen. Und nun der springende Punkt, fährt er fort. Steht der Vordenker auch dann noch über der Mehrheit, wenn zur Durchsetzung des Nötigen gewisse Annehmlichkeiten für Leute an entscheidender Stelle gehören, um ihnen die Einsicht für Maßnahmen zum Wohle des Ganzen zu erleichtern? Annehmlichkeiten, wie sie Havanna bietet, was die Mehrheit in ihrer engen Sicht gewiss vor den Kopf stößt, mit ein Grund, warum solche Hilfen – aus einer Kasse, die man nicht leichtfertig schwarz nennen sollte – kein Thema für eine Öffentlichkeit sind, die ja am Ende alleiniger Nutznießer aller Einschnitte ist. Oder wie denkt man mit achtzehn darüber – ist dein Großvater herzlos? Du kannst ganz offen reden an meinem Geburtstag, man braucht in dem Alter keine Geschenke mehr.

Doch der Achtzehnjährige redet weder offen noch überhaupt, er zieht es im Augenblick vor, die Plastikbrille auf der großväterlichen Stirn heranzuholen, vorhin beim Sprung ins Wasser gar nicht zum Einsatz gekommen, als sei nun ein anderes, längeres Schwimmen geplant. Dann erst zeigt er das ganze Gesicht, ein unbewegtes, ja starres In-die-Weltgeschichte-Schauen, starr vielleicht bei dem Gedanken, der Enkel könne dem zustimmen, ihn also für herzlos halten, und sei es durch Schweigen. Und je länger das Schweigen dauert, desto verschlossener auch der Mund des Principale, die Lippen, sonst fast sinnlich, erscheinen starr, ebenso die Augen, eine befristete Büste, bis er die Grappa-Flasche hochreißt und noch etwas trinkt, um die leere Flasche dann, wieder verkorkt, in den See zu werfen, als enthalte sie eine Botschaft; man sieht ihr Abtreiben, mit Hals und Korken über Wasser, man hört auf einmal den Jungen. Diese Salsa-Affäre, ob die nicht am Ende alles zerstört habe, auch das Vertrauen in seinen Namen, für viele ein anderes Wort für Hoffnung, zumal er doch selbst mit einer Kubanerin Arm in Arm gesehen worden sei, in einer Umgebung ohne Hoffnung – oder ist da nichts dran?

An einer Kubanerin? Der Gefragte zieht sich die Schwimmbrille über die Augen, er hat jetzt etwas von einem alten Schweißer, der vor der Arbeit in die Hände spuckt. An Kubanerinnen, mein Guter, ist alles dran. Und an dieser war besonders viel dran. Sie hatte ein Lachen, das mir den Atem nahm, und einen Sinn für die Wirklichkeit, dass einer wie ich noch etwas lernen konnte. Außerdem einen Hintern, der dir förmlich zuzwinkern konnte, und einen Vorrat an Gedichten des großen Pablo Armando Fernandez im Kopf, dass mir ganz schwindlig wurde, wenn sie damit anfing. Es sind keine gewöhnlichen Frauen, diese Kubanerinnen, sie können tanzen, sie können singen, sie können mit nichts eine ganze Familie durchbringen, und während der Liebe fallen ihnen Zeilen über den Tod ein. Man muss schon ein Leben haben, wie ich, um solche Frauen zu verstehen und nicht nur zu bezahlen. Mein Vater war, ich erwähnte es, Hausmeister in einer Badeanstalt. Er hatte im Krieg ein Auge verloren und bekam dafür diesen albernen Posten. Ein Mann, der nichts besaß, nicht einmal ein Glasauge, mir aber mit dem übrigen Auge die Abenteuer des Pinocchio und Old Shatterhand vorlas. Er lehrte mich Schwimmen, als ich vier war, und legte in mir den Keim für meinen Drang nach Amerika und Italien, bevor ich lesen und schreiben konnte. Und weil wir nichts hatten, nur ein freies Schwimmbecken, wenn alle gegangen waren, und die Fundsachen, die am Ende des Tages in seinem Kabuff lagen, Kämme und Cremedosen, Stifte und Spangen, aber auch all die Kronkorken und leeren Streichholzschachteln, die er mich einsammeln ließ, machte er daraus Däumlingsboote, die wir zu Wasser ließen, und libellenartige Spielautos, die ich so ernst nahm wie später die echten. Ich war nur der Sohn eines Hausmeisters, aber mir war klar, wo ich hin wollte, und ich kam dort an. Daher auch der Neid der Kommentatoren, die trotz geebneter Wege nur auf der Stelle treten. Und du?

Der Enkel sagt dazu nichts, jedenfalls nicht im Moment, er konzentriert sich auf das Wasser, inzwischen mit kleinen nervösen Wellen, wie von Winden, die im Zickzack flach über den See gehen. Erst weiter draußen und zu den Bergen hin nehmen die Wellen zu, im Fjord des nördlichen Sees mit seinen immer steileren Flanken, dazwischen, wie eingeklemmt, die Wassermasse, graublau zunächst, schimmernd in der schrägen Sonne, dann hellgrün mit weißen Spitzen, wie von unten beleuchtet, ein schäumender See im See, darin der Drachen der Surferin, tanzend auf den Spitzen samt ihrem Kopf. He, und warum weiß man das alles nicht?, fragt der Enkel. Warum ist diese Hammerherkunft nicht einmal der Familie bekannt?

Warum? Sein Großvater drängt sich ins Bild, er hat noch immer die Schwimmbrille auf, sein Haar flattert im Wind. Weil es Dinge gibt, die man für sich behalten sollte. Man verschweigt sie aber nicht, man wählt nur den offensiven Weg, darüber nicht zu reden. Mein einäugiger Vater, also dein Urgroßvater, hatte sich im Krieg einer Truppe angeschlossen, die seiner Begeisterung für den Wilden Westen entsprach. Dieselben Hände, die für mich winzige Autos bastelten, haben womöglich Menschen erhängt. Kurz vor seinem Tod erwähnte er es auf einer Warschau-Reise gegenüber meiner Mutter, mehr nicht. Und sie erwähnte es mir gegenüber, und ich erwähnte es nie. Allerdings stellte ich dann gleich nach der Öffnung, gegen Mariannes Bedenken und die meines Steuerberaters, eine polnische Kraft ein, die gute Alina, und seitdem gibt es immer wieder Abende, da bin ich drauf und dran, sie zu uns an den Tisch zu bitten, zumal Marianne und ich durchaus etwas Gesellschaft vertragen könnten. Alina, drängt es mich zu sagen, kommen Sie doch zu uns, essen Sie mit! Aber sie gehört zu den Leuten, die sich ständig entschuldigen – sie würde sich dafür entschuldigen, nicht beide Hände für uns frei zu haben, wenn sie das Weinglas an den Mund führt, es wäre zuviel für sie. Die polnische Seele braucht noch Zeit, um sich zu erholen. Oder hast du Alina vorhin im Haus bemerkt, im Garten gesehen?

Der Junge verneint, er hält ein Lächeln fest, wie es wohl für den Buchumschlag der Memoiren vorgesehen ist. Natürlich nicht, ruft sein Großvater – weil sie sich unsichtbar macht! Alina will uns mit ihrer Gegenwart, die voller Vergangenheit steckt, nicht belasten, sie will uns nur mit den gegenwärtigen Diensten erfreuen. Eine Fremde, die zu uns gehört, das nennt man Dynamik. Und die Herren Kommentatoren wollen mir unterbezahltes polnisches Personal anhängen; sie schaffen nichts, diese Leute, das sagte ich schon, und tragen alle die Nase hoch, als schwebten sie über den Dingen, wo sie doch nur an ihrem bisschen Leben hängen. Die meisten übrigens aus jener Generation, die keine ist: die Jahrgänge achtundvierzig bis sechzig, der größte Teil wird nicht einmal Fußnoten hinterlassen, zurückzuführen auf den Neid in dieser Ungeneration, die bis heute darauf geachtet hat, dass keiner von ihnen zu groß wird, lieber sind sie am Ende alle klein. Ich bin zum Glück etwas älter, wir waren noch ein echter Jahrgang, Trümmer waren unsere Reiche, in der Kirche galt das Latein, Fußball spielten wir mit Büchsen. Erst später gab es Bälle, die Oberschüler kickten gegen die Dörfler, ich im Mittelfeld, der Gestalter des Angriffs, der keuchende Roedel links außen, das alte Schwein Bellinghaus Vorstopper und Holder im Tor, während die Bischof am Spielfeldrand stöckelte, dass mancher sich das Trikot über die Hose ziehen musste. Und du spielst also gar nicht Fußball? Ich habe damit immer gepunktet – Kopfmenschen fassen es kaum, wenn jemand seine Beine gebrauchen kann. Ein Foto, wie du abziehst mit dem Spann deiner Londoner Maßschuhe und der Ball auf die Meute zufliegt, bringt mehr Sympathie als jeder Verzicht auf Sondervergütung. Und vielleicht zeigst du mal diese Beine, die es immer noch können, mein lieber Vigo!

Doch der liebe Vigo zeigt das Vorderdeck, das sein Großvater jetzt in frischer Badehose besteigt, einem knappen Modell in kardinalsrot, in das er schnell geschlüpft sein muss; er zeigt den gebräunten Rücken, mit dem Übergang zum helleren Steiß, und geht dann auf die rechte Hand, darin die Waffe, aus der schon geschossen wurde. Ihr Besitzer hebt sie an, eine Geste für die Kamera, dann schmeißt er sie, wie zuvor die Grappa-Flasche, ins Wasser, wo sie auf der Stelle trudelnd versinkt. Ich brauche sie nicht mehr, sagt er. Und der schöne Satz von der Waffe über dem Kamin, die man zu Beginn eines Films sieht, mit Folgen für das Ende, muss sich ja nicht im Leben bewahrheiten; außerdem kracht es in deinem Film auch schon einmal, und um die Sache abzurunden, fehlt nur noch ein Kuss. Doch wo sollte der herkommen?

Der Junge überhört die Frage, er hält sich weiter an Bilder, die kommen von allein, erst das Wasser rings um das Boot, eine atmende Haut, dann die Bergkuppen im Dunst, wolkenweich. Küsse, fährt sein Großvater fort, fallen nicht vom Himmel, und Kuss nùmero uno ist schwieriger als alles, was daraus folgen mag, ein Märchen, dass er sich von selbst ergibt. Man muss ihn wollen und einfädeln, man muss ihn durchsetzen und mehrheitlich absichern, eine Stimme reicht nicht. Wenn es aber soweit ist, sollte man sein Wollen verbergen. Man darf allenfalls einen Wunsch erkennen lassen, hinter dem aber fester Wille stehen muss. Liebe ist ein Pendeln zwischen Schwäche und Stärke, man muss stürzen können und steigen – jeder gute Roman weiß davon zu erzählen. Liest du?

Eine Frage ins Gesicht des Enkels, und der antwortet mit einem vagen Manchmal, während der Prinzipal schon davon spricht, dass er als Schüler die großen Russen gelesen habe und als Student die großen Amerikaner, wobei er letzteren mehr traue, wenn es um Lebensfragen geht. Gute Romane, ruft er, sind Gradmesser für das eigene Leben: Gibt es einen Faden, eine Geschichte, einen Höhepunkt, oder nur Episoden. Meine Reformen etwa – ihrem Wesen nach auch romanhaft, Geschichten vom Arbeiten einerseits und mündigem Freisein von Arbeit andererseits – sind so ein Faden. Und einen Höhepunkt gab es auch, nämlich auf den Tag vor vier Jahren in Venedig, als ihr beide, meine Tochter und mein Enkel, es vorgezogen habt, euch irgendwo in den Staaten aufzuhalten und eure Mägen zu schonen, während mir wildfremde Menschen auf dem Markusplatz gratulierten, aber auch Leute, die mich erkannt haben, darunter sogar Empfänger nach römisch vier, Leute, die sich Venedig vom Munde abgespart haben und dennoch um Autogramme baten; sie holten sich Tips, und ich riet ihnen, die Nacht mit Spazierengehen zu verbringen und gar nicht an ein Bett zu denken – eine günstige Unterkunft in Venedig: die Nadel in den Kanälen. Ich riet zur Neugier auf die Stadt der versteckten Brücken und bleiernen Wasser und eines immerzu feuchten Samts, und diese Leute tranken dabei auf mein Wohl, ihre Rucksäcke vor den Sandalen; Menschen mit Verständnis für die Schnitte, selbst wenn der eigene Gürtel – bei den Damen sogar neueste Modelle, natürlich falsch, von schwarzen Straßenhändlern – enger geschnallt werden muss. Und ihr habt das alles verpasst, warum nur? Ich frage immer wieder: War dieses Magenproblem wirklich so groß, dass man damit kein Flugzeug besteigen konnte? Incredibile! Der alte Italienfreund zieht sich noch einmal die Schwimmbrille in die Stirn, er scheint es darauf anzulegen, dass der Enkel das Aufblitzen in seinen Augen festhält. Aber dringen wir nicht weiter ein in die Sache, heute seid ihr beide ja da. Und werdet wie lange bleiben?

Bis morgen – eine knappe, prompte Antwort, und die Augen, die eben noch aufblitzten, gehen in Stufen zu, wie bei Leuten, die tagsüber einschlummern. Bis morgen, wiederholt der Principale, und wer weiß, ob man sich wiedersieht, ich hasse Abschiede. Besser, der andere ist von vornherein weg – seine Augen gehen auf, nun fast ein Kinderblick –, oder man selbst ist gar nicht erst da. Denn letztlich, caro mio, ist es der Abschied vom eigenen Gesicht, der einem das Ende so schwermacht. Also haben jene Glück, die sich schon zu Lebzeiten nicht mehr sehen können. Und wer erst einmal damit angefangen hat, die Chirurgie zu bemühen, um seine Ansehnlichkeit zu bewahren, wird an dem Abschied zerbrechen, ein Sterben vor dem Sterben. Aber auch davor, in all seinem Glanz, ist der Mensch kein erhebender Anblick für andere, nur für sich selbst. Ich habe bei zahllosen Ehrungen in der ersten Reihe gesessen und das Lächeln der Geehrten gesehen, wie ich auch viele Male in Regierungsmaschinen saß, mir gegenüber Minister und Vorstandskollegen, ohne jegliche Verlegenheit, wenn die Stewards von der Luftwaffe leise nach Wünschen fragten oder bei der Ankunft in Übersee schon zwanzig Limousinen mit Blaulicht auf dem Rollfeld standen und keiner die Pässe sehen wollte, während das Gepäck wie von Geisterhand den Weg ins Hotel nahm, wo der Pyjama bereits auf dem Kopfkissen lag, wenn man das Schlafzimmer seiner

Suite betrat. Und ihr wollt also morgen fahren, warum?

Wir müssen, antwortet der Junge, einen so feinen Ton des Bedauerns in der Stimme, dass man ihn für echt halten könnte. Aber man sieht sich ja wieder, setzt er hinzu und schwenkt von den Augen des Großvaters - die jetzt nur leer erscheinen, wie die Augen alter Römerköpfe - zur Bugspitze mit dem verchromten Anker in seiner Schiene und von dort auf die Weite des Sees, auf nichts als Wasser, unterbrochen nur von einem hellroten Fleck, dem Drachen der Surferin. Nun, wenn ihr müsst, dann müsst ihr, hört man den Gastgeber und Jubilar erwidern. Aber heute werden wir feiern, auch vierundsechzig wird man nur einmal. Und, wie sieht das Geburtstagskind aus? Erst neulich schrieb wer: immer noch siegreich. Nur kann man dem glauben? Eine leise, fast etwas ängstliche Anfrage, während sein Gesicht wieder ins Bild kommt, in den Augen noch einmal ein Blitzen, nun eher wie Wetterleuchten, von Gewittern in einem fernen Herzen. Ob er Angst vor dem Tod habe, will der Enkel wissen.

Unter den waltenden Umständen, mehr oder weniger paradiesisch, eine verstörende Frage, im Hinblick auf das Alter des Gefragten aber nicht unvernünftig, und man sieht ihn auch nachdenken, jedenfalls die gebräunte Stirn in Falten legen, wie beim Beschnuppern des Weinkorkens. Nein, sagt er schließlich. Da wäre nur die Befürchtung, dass die Gedanken gegen Ende, ob im Rollstuhl oder Bett, Gedanken an meine Kubanerin sein könnten, an den Klang der Gedichte aus ihrem Mund, zwischen zwei Zigarrenzügen, an den Geschmack ihrer Lippen, wenn sie vor dem Lieben geraucht hat, et cetera. Ich glaube aufrichtig zu sein, wenn ich sage, dass mir der Tod keine Angst macht, sehe aber mit einiger Sorge diesem finalen Gedankentheater entgegen. Alles dreht sich ums Gehabte. Und schreiben Sie ruhig auch darüber, riet mir der Verleger meiner Erinnerungen, kaum dass ich eine Andeutung dieser intimeren Seiten gemacht hatte. Ein junger Mann, der die Bilanz im Blick hat. Mitteilungsdrang sei immer noch nützlicher für ein Buch als der Wunsch nach dem letzten Wort – das sowieso Marianne gehört. Am Ende wird sie mein Befinden regeln, unterstützt von der guten Alina mit ihren Entschuldigungen, wenn sie mich füttert und wäscht.

Und deine Tochter? Der Junge filmt die Füße des Großvaters, Füße mit kurzen Zehen und panzerartigen Nägeln, und zeigt dann die einstigen Fußballerbeine, noch immer massiv, nur mit einer Faltung der Haut nach unten, schräg wie das Sediment in der Felswand; und er zeigt die knappe Badehose und einen eingezogenen Bauch und folglich geblähten Brustkorb und schließlich zwei verengte Augen: das alte Lauern, nun in Reinform, keine Spur amüsiert. Die Frau Tochter, antwortet der Gezeigte, dürfte kaum eine Hilfe sein, sie ist es gewohnt, dass der Vater ihr unter die Arme greift, nicht andersherum. Immer wieder habe ich ihr Leben als Fotografin gepolstert, und bis zum heutigen Tag ist dabei kein einziges berühmtes Foto herausgekommen, nicht wahr. Zum Beispiel eines wie das, auf dem Einstein die Zunge zeigt. Oder Churchill die Finger. Sie hat kein Auge für den Moment, deine Mutter, sie hat nur Spaß an einer Leica und geht mir, der ich die Leica bezahlt habe, aus dem Weg. Und warum sollte sich das ändern, nur weil jemand bettlägerig ist? Also werde ich mit polnischen Gebeten im Ohr sterben. Maria wird das letzte Wort sein, das ich höre.

Und damit zieht sich der Principale erneut und, wie es aussieht, endgültig die wasserdichte Brille über die Augen und verkündet, dass er jetzt schwimmen gehen werde, für den nötigen Appetit am Abend. Und bitte, sagt er: erst in einer Stunde Richtung Ostufer hinterherfahren, die Strömung nach Norden eingerechnet. Und bis dahin vielleicht etwas lesen, mein guter Vigo, in der Kabine liegt genug. Aber zuvor noch das Wegschwimmen aufnehmen, man weiß ja nie – hast du das mit deinen achtzehn Jahren verstanden?

Und als Antwort ein ruhiges Ja, während man schon einen Sprung sieht, um den jeder Enkel einen

Großvater nur beneiden kann, pfeilartig in ein eben noch sonnenbeschienenes Wasser, das den Graben darunter kaum ahnen lässt.

4

Dreihundertfünfundvierzig Meter zeigt der kleine, in die Armaturen gesetzte Schirm an, eine gleichbleibende Zahl, als wäre die tiefste Stelle des Sees mit dem Boot weitergewandert, als Graben, der auch in die Breite geht. Und wie zum Beweis sieht man das Wasser rund um das Boot, schwach bewegt und graublau, beide Ufer weit entfernt, dann die Berge im Osten, auf den Flanken schon Abendsonne, zuletzt den Zenit, unter dem die Colombo schaukelt. Über den Himmel ziehen zu dem Zeitpunkt zwei kleine Wolken, als hätten sie im Süden etwas Bestimmtes vor, nicht in der nächsten Stunde, aber im Laufe des Abends. Man sieht sie entschweben, und der See rückt wieder ins Bild, das nun schon im Schatten liegende Wasser, darin der Hinterkopf des Schwimmers, halbnah, als hätte der Junge oder gute Vigo nichts weiter vor, als den Vater seiner Mutter im Auge zu behalten, bis seine Aufmerksamkeit plötzlich auf etwas anderes gelenkt wird. Da ist ein Schmetterling, der sich aufs Wasser verirrt hat oder die ganze Zeit mit im Boot war und nun über dem Bug einen Frühsommer vorgaukelt, und der Junge holt ihn heran, keine einfache Sache bei doppeltem Schaukeln, ein Geduldsspiel. Kaum einen Moment lang ist der Schmetterling groß im Bild, mit Flügeln in der Farbe von Weinlaub, dann wieder nichts als Wasser und das Bemühen, den Kopf des Schwimmers zu finden. Aber dort, wo er sein könnte, sind die Wellen schon höher, man glaubt nur, einen Punkt zu sehen, ein Auf und Ab, und der Junge lässt die Motoren an. Er filmt seine Griffe, das sachte Gasgeben, das Wenden des Boots; erst als der nördliche See ins Bild kommt, die Berge am Ende ein V, wird die Kamera ruhig, obwohl das Boot Fahrt aufnimmt, einem anderen, deutlicheren Punkt entgegen, hellrot zwischen den Wellen, dem Drachen der gestürzten Surferin.

Man sieht die Gischt an der Bordseite, ihr scharfes Wegspritzen, und wieder die Hand, die den Gashebel drückt, man sieht eine kofferartige Tasche neben dem Fahrersitz, die geöffnet wird. Vigo holt ein Stativ heraus, er stellt es vor den Stufen, die zur Kabine führen, auf und schon wird der Camcorder, nunmehr selbsttätig, auf den Schwenkkopf gesetzt; ohne Unterbrechung läuft das Gerät, der Junge scheut jeden Schnitt. Die Sitzlandschaft kommt ins Bild und auch gleich der neue Führer des Boots, in der einen Hand das Steuer, in der anderen das Fernglas. Er beißt sich auf die Lippe und nickt, wie einer, der sich selber Mut macht, er legt das Fernglas ab und dreht die Kamera um. In Fahrtrichtung erkennt man den Drachen, luftgefüllter Rahmen auf den Wellen, die Hälfte unter Wasser, wohl durch die Surferin nach unten gedrückt. Von ihr sieht man nichts oder kaum etwas, nur einen tanzenden Klecks, erst nach und nach erkennbar: als Kopf mit schwarzem Haar, die Masse des Haars nass im Gesicht, neben dem Flugdrachen treiben die Leinen, das Board scheint weg zu sein. Und mit einem Mal ist es still, der Enkel des Bootsbesitzers hat die Motoren abgestellt, die starren Schrauben bremsen die Colombo, sie gleitet noch ein Stück auf den Drachen zu, und immer noch rührt sich dort nichts, nur vom Schwanken auf den Wellen wird das Gesicht mit dem Haar über Auge, Wange und Mund mal nach oben, mal nach unten gedreht, und ein Arm um den Rahmen, jetzt erst zu sehen, bewegt sich in der Ellenbeuge. Sie trägt einen Badeanzug, keine Schwimmweste, vielleicht ging die Weste verloren bei dem Aufprall; gut erkennbar auch der auf den Arm gerutschte Träger ohne Halt – die Kamera wird wieder geführt, man hat ihn kaum bemerkt, den Wechsel zur Hand.

Kann ich helfen? Ein Ruf aus dem Boot, als es zum Stillstand kommt, der Drache mit dem Kopf der Surferin nun auf Höhe der Sitzlandschaft, steuerbord. Can I help? Auch in der Allerweltssprache diese Frage oder Offerte, zweimal sogar, beim zweiten Mal mit you am Ende, Can I help you?, und im selben Moment, filmreif, spült eine Welle das Haar von Wange und Augen, Augen, die geschlossen sind oder einem so vorkommen bei dem Geschwanke. Sie hat sein Alter, achtzehn, neunzehn, höchstens zwanzig, und scheint auch, falls sie überhaupt etwas hört, die Allerweltssprache nicht zu verstehen, und er versucht es noch einmal in seiner, Kann ich helfen? Danach wird das Bild wieder starr, wenn man von der Unruhe des Bootes absieht, der Junge setzt nun mehr auf den Ton, man hört ihn Erklärungen geben, die gar nicht nötig wären: dass er jetzt mit der Enterstange den Drachen heranhole, vorsichtig, damit die Person, wie er sie nennt, nicht abrutsche. Er lenkt den Drachen zum Heck, die Kamera hält es noch für einen Augenblick fest, bevor das Bild schwankt, weil das Boot schwankt, Wasser und Felswand erscheinen, Sonne und Himmel. Die Person, sagt der Retter, sei nicht ansprechbar, sie klammere sich an den Drachen, das Board sei abgetrieben - kurze Pause, danach lauter: Es gelingt, ihren Arm zu packen, nur mit Gewalt lässt sich die Hand vom Rahmen lösen, man sieht Schulter und Brust, der Badeanzug aufgeplatzt. Versuch, die Person ins Boot zu ziehen, aus dem Mund tritt wässriger Schaum; Gewicht etwa fünfzig Kilo, schlanke Figur, Haarfarbe schwarz. Es ist siebzehn Uhr zwölf.

Weitere Angaben folgen, aber undeutlich, offenbar zum See hingesprochen, nach Polizeiserie klingt das, Ermittlerjargon, CSI oder Jack Bauer in 24, und immer noch Zufallsbilder, Wasser, Felswand, Wolken. Das nächste gewollte Bild: die Uhr des Jungen, die Zeit um eine Minute vorgerückt, wie man noch sieht, denn schon wird die Kamera wieder zur Hand genommen, die aus dem Wasser Geholte erscheint. Sie liegt auf der Fläche hinter der Sitzlandschaft, ein Arm hängt herunter, die Finger berühren das Polster, ein geknülltes Handtuch stützt den Kopf. Man sieht zum ersten Mal ihr Gesicht, die Augen jetzt halb offen, dunkle Augen, obwohl mehr das Helle oder blutunterlaufen Rötliche vorschaut, und auch der Mund steht auf, mit Blasen darin, nicht gerade gute Bedingungen für ein Gesicht, und doch strahlt da etwas hindurch, das alles andere vergessen macht. Die Gerettete ist schön. Sie atmet in Stößen, während ihr Bauch zittert, der Badeanzug ist bis zum Schritt geplatzt. Was ist passiert?, ruft der Junge, obwohl er den Sturz doch gesehen hat, aber auch das ist vergessen, im Moment jedenfalls, Schönheit sticht jedes Vorher aus, mit purer Gegenwart wie ein Schmerz. Und als keinerlei Antwort kommt, nur immer noch wässriger Schaum, bringt er sein Gerät erneut in Stellung, das ganze hintere Boot im Bild, um im nächsten Augenblick selbst aufzutreten, in nichts als einer Hose, die über knochige Hüften zu rutschen droht. Man sieht ihn von hinten, wie er die Unansprechbare oder Bewusstlose auf die Sitzlandschaft hebt, in eine stabile Seitenlage, wohl erst unlängst geübt, im Erste-Hilfe-Kurs für den Führerschein. Danach zieht er den Drachen samt Leinen heran und hievt ihn ins Boot, als die erste hohe Welle gegen den Rumpf schlägt.

Der Wind hat zugenommen, man sieht es am Flattern der vorgeschriebenen Fahnen, die seinige unter der einheimischen am Heckmast, man sieht es am Badeanzug, dem Stück, das über die obenliegende Brust hängt, immer wieder beiseite geweht, bis der Junge es einfach festhält. Er hat sich hinter ihren Kopf gekniet, das schmerzlich Schöne dadurch, in verkehrter Lage für ihn, abgeschwächt, als lasse sich so besser nachdenken. Er schaut auf sie herunter, er ist versucht, ihr Haar zu ordnen, wahrscheinlich weiß er nicht, was er tun soll – soll er ans nächste Ufer fahren, da überließe er seinen Großvater dem See, oder soll er Hilfe rufen, nur wie? Andere Boote sind nicht in der Nähe oder unsichtbar im Dunst, und das Telefon an Bord ist abgestellt worden, aber auch wenn er den Code wüsste, welche Nummer wäre zu wählen, welchen Standort müsste man nennen? Der Achtzehnjährige flucht, er verflucht die Situation, und im selben Atemzug nennt er seinen Namen, erst den korrekten, dann die Abkürzung. Er souffliert diese Koseform regelrecht, über ihren Kopf gebeugt, und wieder keine Antwort, nur ihr Mund macht eine schwache Bewegung, wie der eines Fisches auf dem Trockenen, und Vigo geht etwas zur Seite, damit man den ganzen Kopf sieht, ja nimmt ihr das Haar aus der Stirn, schnell, als sei es nicht nass, sondern heiß. Und auf einmal ist er Teil seines Films, ohne darin einzugreifen, wie er auch in das Leben, vor dem er kniet, nicht eingreifen will; er will es nur retten und beugt sich wieder herunter, für die Ultima-ratio-Übung jedes Erste-Hilfe-Kurses. Aber kaum hat er mit der Hand – in der anderen die Fernbedienung für sein Gerät – eine Verbindung zu ihrem Mund geformt, macht sie die Augen ganz auf, und er zieht die Hand zurück. Ihre Lippen zittern nun auch, mehr als der Bauch, weiche, aber scharf gezogene Lippen mit bläulicher Haut. Hörst du mich?, fragt er, und aus ihrer Brust ein rauher Ton, kein Ja, kein Nein, und doch ein Signal, wie auf ein nächtliches Hundebellen bald ein zweites folgt.

Offenbar hört sie ihn also, ein Hören bei halbem Bewusstsein, als Folge der Unterkühlung nach langem Treiben in einem Wasser, das jetzt, im Spätsommer, kaum zwanzig Grad hat: eine einfache Überlegung, wie sie gewiss auch ihr Retter anstellt. Immer noch über sie gebeugt, scheint er nachzudenken und holt sich dabei selbst heran, halbnah im Profil – seine gute Haut fällt auf, dazu ein feiner Bartwuchs, die Wange herunter –, und auf einmal sieht alles nach einer Idee oder Lösung aus, er kommt auf die Kamera zu, für einen Augenblick sein Gesicht, dann Wasser und Himmel und zuletzt die Kabine. Samt Stativ ist der Camcorder umgestellt worden, schwer zu sagen wohin, man glaubt sich in der Kabine oder der offenen Tür, mit dem Licht, das durch ein Fenster im Vorderdeck fällt, auf eine Doppelschlafstelle, die zum Bug hin schmaler wird, mit den erwähnten Büchern neben den Kissen am Kopfende. Und als nächstes schon die weiteren Maßnahmen – mit Griffen unter beide Achseln wird die Schöne in die Kabine geschafft, die Stufen hinunter, so, dass ihre Fersen zweimal leicht aufschlagen, und, begleitet von übertriebenem Stöhnen, als wolle ihr Retter damit die Dinge entschärfen, in dem geplatzten und immer noch nassen Badeanzug auf die Schlafstelle gezogen, wo sie erneut einen Laut von sich gibt, wie ein Aufbegehren gegen das, was da mit ihr geschieht oder womöglich geschehen soll. Vigo stellt die Seitenlage wieder her, dann setzt er sich neben die Hingelegte und sieht in die Kamera. Seine Wangen glühen.

Man muss sie sich wohl stickig vorstellen, diese Kabine des Bootsherrn, getränkt von bleiernen Mittagsstunden und ungebetenen Gedanken und das Ganze in einer sinnlosen Ausstattung, wenn man alleine ist, feinstes Holz, eine Bar und das Tischchen für den Laptop mit Weltkontakt, dazu die Bettlandschaft für ein Herumliegen an endlosen Nachmittagen, sachte gewiegt. Sein Enkel hebt die Fernbedienung – schimmernd wie Marmor klebt der Badeanzug, oder was davon übrig ist, an der weiterhin Stummen, als solle damit deutlich werden, wie sehr es an der Zeit ist, ihr den nassen Fetzen auszuziehen, sie abzutrocknen und zu wärmen; halbnah für einen Moment ihre

Hand, mit milchigen Fingerkuppen vom Wasser, eine Hand, die Halt sucht und zugleich schützend vors Gesicht geht, als ihr Retter nach einem herumliegenden Badetuch greift, einem verschwenderischen Frotteehaufen, blauweiß wie die Farben des Boots. Zum Abtrocknen und Zudecken, sagt er. Nur muss das nasse Zeug erst herunter, hören Sie?

Ganz überraschend dieses Sie, wie ein Appell an die Vernunft, ihre und seine, und als Antwort geht nur die Hand etwas höher, Gelegenheit, ihr den Puls zu fühlen und die Hand gleich zu wärmen – der Junge will beides zugleich, ein überstürztes, fast panisches Vorgehen, als hätte er es mit einer Wunde zu tun. Bitte, ruft er, ich möchte nur helfen, der nasse Anzug muss weg, außerdem ist er zerrissen, aber ich war's nicht! Seine Sorge gilt demnach auch ihm, all das könnte sie falsch verstehen, scheint er zu fürchten. Und trotzdem zieht er die Fetzen herunter, mit zwei Fingern über Arme, Rumpf und Beine, wie ein Abziehen von Haut ohne sichtliche Gegenwehr, und bedeckt das Hervorgeschälte sofort mit dem gewaltigen Tuch, darauf das Emblem von Hermès und die Initialen seines Besitzers, also ein speziell gefertigter oder entsprechend ergänzter Gegenstand, von Frauen verschenkt, die nicht aufs Geld achten müssen. Der Enkel des Besitzers hüllt die Unterkühlte darin regelrecht ein, bis auf den Kopf und ihr tropfendes Haar. Er reibt an dem Tuch, er zieht daran und hüllt nun auch Teile des Haars darin ein, immer noch hastig in seinen Bewegungen, auch wie ein Gejagter atmend, Schweiß im Gesicht, während sie nur in Abständen atmet, flatternd die Lippen, und der Blick zur Kamera geht, ein Blick, als stünde da wer und grinste.

Aber es ist nur ein kleines Ding auf drei Beinen mit einem rot leuchtenden Punkt über dem Auge, und sie scheint das nun auch zu sehen, dass da niemand steht oder, wenn man es weiter denkt (falls sie dazu imstande ist), viel mehr als einer, unendlich viele. Mit einem Laut, als würde man sie treten, wirft sie den Kopf herum, ihre Schläfe trifft die Holzverkleidung neben dem Bett, sie stößt einen zweiten Laut aus, wobei der Kopf schon zurückfliegt, in Vigos Hände. Der Junge packt ihr Gesicht, er hält es wie einen Ball, der einem größeren Jungen gehört. Ich will nur helfen, ruft er, dann geht ihm die Luft aus, auch die Courage, er lässt den Ball los, ihr Kopf sinkt zur Seite, seine Hände gehen an den eigenen Kopf, er presst ihn mit den Fingerspitzen, während ihr Blick jetzt die Kamera sucht – quer im Bild das Augenpaar, ein einziges Auf und Ab. Das Boot hat sich offenbar längs zu den Wellen gedreht, man hört die kurzen Schläge.

Ob sie von hier sei, fragt der Enkel des Principale, Are you Italian? Eine naheliegende Vermutung, nur haben Italienerinnen, auch in dem Alter, eher etwas Müdes oder bühnenhaft Überdrehtes, während die aus dem Wasser Gezogene trotz ihres Zustands – kaum bei Bewusstsein, nach wie vor zitternd – immer noch etwas Klares hat, mit ihren umrandeten Lippen, den nahezu schwarzen Pupillen und Nasenlöchern, die sich beim Ausatmen weiten. Sie könnte auch Rumänin oder noch etwas Ferneres sein, in den Hotelküchen rund um den See wimmelt es bekanntlich von Fremden, warum sollte es da keinen Nachwuchs geben, eine Tochter, die schon als Zimmermädchen aushilft und Tag für Tag den fliegenden Surfern zusieht und es selbst einmal tun will. In der Mittagspause, wenn alles ruht, aber schon Wind bläst, leiht sie sich Drachen und Board, wer weiß, gegen welches Versprechen, oder schnappt sich einfach beides und geht damit aufs Wasser nördlich der Felswand – also kommt sie vom selben Ufer, sonst hätte sie ein Boot von drüben zum Flugrevier fahren müssen, nur wäre sie dann vermisst worden und trotz Dunst längst gerettet. Einfache Überlegungen, wie sie der Junge wohl anstellt beim Betrachten ihres Gesichts: dessen fremden Reiz ein Bluterguss von der Schläfe über das Ohr bis zum Hals noch betont.

Woher kommst du?, fragt er, Vom Felsenufer? Kann ich dich irgendwohin bringen? Er duzt sie wieder, nur nicht auf die vorherige Art, taktlos, wie Retter oft sind, sondern eher als würde man sich nun bereits kennen und könnte gemeinsam Boot fahren, er ganz Enkel des Besitzers, sie ohne gebrochene Rippen oder Gehirnerschütterung, wenn nicht Schlimmerem. Er betastet sogar ihre Rippen, als hätte er auch den Verdacht, sie könnten gebrochen sein, ein Tasten von den Nieren aufwärts mit der Frage, ob ihr das weh tue, eine Untersuchung auf eigene Faust bis zur Brust unter dem blauweißen Tuch, einer Wölbung, die er umgeht. Wenn du mich verstehst, sagt er, dann heb einen Finger, ich muss wissen, ob du mich verstehen kannst, hörst du? Und um ihr zu zeigen, wie er es meint, wie diese Verständigung aussehen soll, hebt er gleich selbst ihren Zeigefinger, an der Hand, die alles allein macht, das Gesicht schützen, sich gegen ihn stellen, den Tuchsaum umklammern, als hinge die andere Hand an einem Arm mit ausgekugelter Schulter. Das hier bedeutet Ja, erklärt er, den Finger heben, und wenn du ihn krümmst – er zeigt auch diese Variante –, bedeutet es Nein, verstanden? Und dann zieht er die eigene Hand zurück, für die Probe aufs Exempel, und die ins Boot Geholte sieht ihn nur an, vermutlich hat sie kein Wort verstanden, ja womöglich kein Wort gehört bei gerissenen Trommelfellen und Wasser im Innenohr durch den Aufprall. Ein Blick, als sei sie in seiner Gewalt und nicht in seiner Obhut, an Bord geholt für Filmaufnahmen. Die alleinige Hand krampft sich geradezu um den Handtuchsaum und zieht ihn vom Hals zum Kinn. Verdammt, ich will nur helfen, ruft der Junge, sag wenigstens deinen Namen! What's your name? Come si chiama? Zum ersten Mal versucht er es auf Italienisch, den Worten, die ihm gerade noch einfallen, und statt den eigenen Namen zu nennen, murmelt sie etwas, das wie der seine klingt, für ihn eine Art Ermächtigung, so wie die Hand, die eben noch zögerlich war, nun den Weg rückwärts nimmt, über die Wölbung der Brust bis zur Lende und noch einmal zurück, an eine lose Ecke des Tuchs, lose um ihre Schulter. Eine Welle prallt ans Boot, die Schulter wackelt, man hört einen Angstlaut, als hätte nicht der See, sondern der Retter den Schlag getan, ein instinktiver Argwohn, der den Jungen zu treffen scheint.

Ich war es nicht, ruft er und hebt dann, vorsichtig, wie man Verbände löst, die Tuchecke an, er will ihr das Haar damit trocknen, sicherlich gut gemeint, doch woher soll sie das wissen? Die alleinige Hand boxt nach ihm, sie trifft sein Ohr, und er packt die Hand, er schwenkt sie vor ihren Augen, die wieder leicht zugehen, während seine sich weiten; das Tuch ist verrutscht, eine Brust liegt frei, heller als die übrige Haut, aber keineswegs weiß, der matte Ton von Pistazien, darin die Warze, steif vor Kälte, der Junge sieht hin und gleich wieder weg. Er tue ihr nichts, versichert er und lässt die Hand los, sein Blick geht zur Kamera, als könne er sich nicht entscheiden, wer oder was ihm wichtiger ist: die aus dem See geholte Schöne, aus deren Mund womöglich sein Name kam, oder die Fortsetzung der filmischen Arbeit. Aus welchem Ort kommst du, fragt er, aus welchem Hotel? Ihre Augen gehen wieder auf, das eine mehr als das andere, und von ihm ein Nicken, das sie beruhigen soll; noch immer hält er die Badetuchecke, ein blauweißes Knäuel, und tupft nun doch ihr Haar ab, die Zungenspitze zwischen den Zähnen, wie Kinder, wenn sie schreiben lernen. Nur mit einer Spitze des Tuchs nimmt er die Nässe auf, aber nicht allein vom Haar, auch von Schläfe und Wange, und gibt zugleich etwas ab, seine ganz eigenen Wörter, die er ihr aufs Gesicht tupft. Gut, wie du willst, sagt er leise, dann warten wir hier, hörst du? Er legt ihr das Frotteeknäuel auf Stirn und Brauen, ohne es loszulassen, vermutlich Bequemlichkeit, und sofort geht ihr Blick nach oben, zu dem Fremdkörper, der sie begraben könnte. Tu doch etwas, will man ihm jetzt zurufen, mach die Luke auf, lass Luft herein! Sein Schweiß tropft ihr schon auf den Hals, er wischt ihn mit dem Tuchsaum ab und deckt sie bei der Gelegenheit noch etwas mehr auf, erst bis zum Rippenbogen, dann bis zum Nabel in Form eines Trichters. Du hattest einen bösen Sturz, ich hab ihn von weitem gesehen, und hattest Glück, du konntest dich am Drachen halten, sonst wärst du ohne Schwimmweste ertrunken. Und doch warst du unter Wasser und hast einiges abbekommen, oder warum sprichst du nicht? Sag deinen Namen!

Fast schon wütend kommt diese Aufforderung, und im nächsten Moment bewegen sich ihre Lippen, sie bilden ein Wort, eins, das man glaubt, mitsprechen zu können, bis man hört, dass es kein Name ist, niemand heißt Help, und nichts anderes flüstert sie, provozierend für einen Retter. Sie müsse nicht nach Hilfe verlangen, ruft er, die Hilfe sei da! Und jetzt bittet er förmlich um ihren Namen, Please your name, und beugt sich über sie, ein gutes Stück vom Tuch in der Hand. Er wischt ihre Brüste ab, und schon tropft neuer Schweiß, er geht mit der Tuchspitze zum Nabel, wohin die Tropfen laufen, und im selben Augenblick schreit sie, ein herausgewürgter, mehr leiser als lauter, ja geradezu persönlicher, nur an ihn gerichteter immer länger werdender Schrei. Und der Junge, ohne Erfahrung mit Schreien solcher Art, presst ihr das schwere Tuch auf den Mund. Fünf, sechs Herzschläge lang geht das so, dann zuckt er zurück mit dem Knäuel, eine überschnelle Bewegung, die gleich das ganze Badetuch mitreißt, kaum zu steuern, wie seine Gegenbewegung vor Schreck, als sie schon die Beine kreuzt, so, dass die Falten zum Schoß hin ein V ergeben wie die Berge am Beginn oder Ende des Sees, darin ihr dunkles, noch nasses Haar, auf dem seine Hand einen Augenblick liegen bleibt, wie verfangen, während sein Jungenmund – mehr zu ahnen, als zu sehen – kleine Zuckungen macht, das Knabbern des Fisches am Köder, bevor die Hand gegen die eigene Brust schlägt, ein helles zweifaches Klatschen.

Tut mir leid, I am sorry! Im Rhythmus der Hand, wie ein doppelter Glockenschlag, kommt diese Entschuldigung, während die Nackte nichts als atmet, in kurzen schnellen Stößen, bis der Junge das Tuch wieder Richtung Schultern ziehen will und in Höhe des Nabels an eine Hand gerät, die dasselbe versucht, ein absurdes Ringen um Teile des Tuchs, und aus den Atemstößen ein neuer Schrei, wie der von Katzen in der Nacht, wenn man denkt, sie bekämen das Fell abgezogen. Alles scheint nun zu entgleiten, die Masse des Tuchs, das schwankende Boot, die immer noch Schreiende, und der Junge will ihr wieder den Mund schließen, als ein Schwall Seewasser den Schrei erstickt. Die Schöne erbricht sich, den Kopf Richtung Boden gedreht, das Haar im Gesicht, in Schüben speit sie Wasser aus, bis nur noch ihre Lippen beben und wieder ein Laut durch die Zähne dringt, wenn man so will, auch ein Wort. Ob das ihr Name sei, ruft der Junge, Afa? Und von ihr keine Antwort, nur ein Faden vom Mund bis zum Teppich, statt dessen ein Flattern der Lider und halbes Öffnen der Augen, während Vigo oder Viktor das Wort wiederholt, um irgendeine Bestätigung zu erhalten, Afa, sagt er, ist das dein Name, oder kommst du von da? Kannst du mich hören? Rede mit mir! Er wird wieder lauter, das kleine fremde Wort scheint ihn verrückt zu machen, er weiß nicht, was es bedeutet, und um nicht noch mehr verrückt zu werden, nimmt er es als Namen an. Gut, dann heißt du so. Und wo kommst du her?

Eine Frage wie an ein Kind, das sich verlaufen hat, und die immer noch Nackte gibt auch darauf keine Antwort, sie verringert nur ihr Nacktsein, indem sie die Beine anzieht, ein schönes Bild: ihr Retter auf der Bettkante, eingeschlossen von den Knien und einer runden Schulter. Er greift wieder nach dem Badetuch und formt daraus einen Kranz um ihren Kopf, mit einem Ausflug zum Haar, das er ihr flink aus der Stirn streicht und schmückend auf den blauweißen Kranz legt, fast ein Kämmen mit den Fingern. Und he, sagt er im Kumpanenton, weißt du, dass Liebe und Laub denselben Wortstamm haben? Und nach einem Blick, als sei er beim Klauen erwischt worden, taucht er förmlich hinunter zu dem Gesicht zwischen Frotteebergen, und man erwartet den Filmkuss. Doch er redet nur weiter, wohl immer noch im Vertrauen darauf, dass Küssen und Lieben einfach zu ihm kommen, wie die Erscheinungen zu den Heiligen. Vermutlich liegt es an der Schönheit des Laubs, sagt er, an seinen Farben, bevor es zerfällt oder im Regen aufgeweicht wird, oder liegt es an diesem traurigen Ende? Er tupft jetzt wieder ihr Haar ab, Strähne für Strähne, er fragt nach dem italienischen Wort für Laub. Und als sich ihr weich geschlossener Mund bewegt, eher ein Zeichengeben als Buchstabenbilden, platzt es aus ihm heraus: wie wahnsinnig schön er sie finde! Und kaum ist das gesagt, stürzt er, vorbei an der Kamera, aus der Kabine, ein Fliehen, das gar nicht bemerkt wird.

Die Nackte atmet, als sei sie eingeschlafen, und nach zwei, drei Augenblicken glaubt man sogar, dieses Atmen in der Stille zu hören, ja ihr schlagendes Herz, auch wenn es nur der eigene Herzschlag und Atem sein dürfte – der einem stockt, als sie ein Wort vor sich hinspricht, fogliame, das verspätete Laub. Ihre Augen gehen auf, die Pupillen wie in rötlicher Lösung, so viele Äderchen sind bei dem Sturz geplatzt; der Blick geht zum Fenster in der Kabinendecke, zum Licht, während die Lider in einer Gegenbewegung, vorbei an ihrem Willen, so scheint es, schon wieder halb zuklappen, um dann einfach nur stehen zu bleiben, weder geschlossen noch auf. Wir sind abgetrieben, ruft der Junge von draußen, nach Norden! Und zwischen hier und dem Felsufer sind jetzt noch andere Flugsurfer, nicht weit von einem Ort am See, ganz im Bergschatten. Kommst du von dort? Eine weitere Welle trifft das Boot, man sieht das Fach mit den CDs, die purzeln, und dann erscheint schon ein langer Arm. Das Stativ samt Kamera wird versetzt.

Ganz nah jetzt und scharf nur ihr Gesicht, blass und voll Schweißperlen, die Augen immer noch halb geschlossen, halb offen wäre zuviel gesagt, der Mund dagegen eher auf als zu. Man sieht ihre Zähne, zwei helle Reihen, dazwischen ein Spalt vor dem Dunkel der Höhle, quer zu einem Spalt in der Unterlippe, einer feinen Kerbe genau in der Mitte, so deutlich wie unerreichbar. Ein Gesicht von vergeblicher Schönheit in diesem Moment – der mit einem Mal endet und sofort neu beginnt oder weitergeht, als sei es noch immer derselbe Moment, bis einem auffällt, dass ihre Augen zu sind. Also der zweite Schnitt, nötig, um das Band zu wechseln, für weitere neunzig Minuten. Sie atmet immer noch wie im Schlaf, das Gesicht jetzt ungehemmt, einen Arm leicht zurückgelegt, so, dass ein zugespitzter nasser Flaum hervorsteht, und man erschrickt, als über ihr, wie ein Anpirschen, noch ein Gesicht erscheint, mit rasend roten Wangen.

Bald wird alles gut, sagt der Enkel des Principale, als wäre er doch ans Ufer gefahren. Man bringt dich nach Salò oder Riva ins Krankenhaus, sicuro e sicuro! Eine Formel aus ihrer Sprache, die er noch nachliefert, wohl um sich selbst zu beruhigen, während seine Hand, die ohne Fernbedienung, ins Bild kommt, und die Finger ihren Mund berühren, eine Art Echtheitsprüfung: ob diese Lippen auch aus Fleisch und Blut sind, warm und empfindlich, oder ein Trick, zurechtgepixelt; ein Berühren, ja Ertasten, fein und schnell wie das von Blinden, wenn sie ein Geschenk in die Hand nehmen, es nicht abwarten können, den Sinn zu erfassen. Und schließlich ein Streicheln ihrer lebendigen Lippen, immer nur in einer Richtung, von oben nach unten, wie den Flaum eines auf der Straße gefundenen Vogels, und man beneidet den, der da streichelt, und will mehr davon sehen, aber im Bild jetzt, vielleicht durch ein Schwanken des Boots, die Seitenfächer der Kabine. Man sieht zwei Hemden von Paul & Shark samt Kappen in passenden Farben und eine Flasche Rotwein, Tignanello, man sieht die verstreuten CDs, obenauf Don Giovanni, ferner ein Paar weiße Slipper, mehrere Sonnencremes und eine Tablettenschachtel auf der Kante des Fachs, kurz davor herunterzufallen, ein Rutschen im Takt der Wellen. Und endlich wieder das Gesicht unter dem des Jungen oder andersherum: seins, gesprenkelt von Schweiß, über ihrem, ein Standbild, Mund über Mund, Auge in Auge. Sie sieht ihn zum ersten Mal an, ein Blick von unten nach oben, maßnehmend, so scheint es, fast arrogant, bis die Lider wieder zittern und nichts davon bleibt, nur noch ein ängstliches Starren, dem Vigo ein Ende macht. Er nimmt ein Stück von dem Tuch und zieht es ihr über die Augen, eine verschämte Bewegung, ein Stück, das er noch etwas festhält, als könnten es Augen, deren Blicke so irreführen, von alleine abstreifen, gleichzeitig beugt er sich tiefer, in der anderen Hand die Fernbedienung. Und dann nichts als das Rinnen und Fallen der Schweißtropfen unter dem Einfluss von Wellen und Schwerkraft, dazu ein Atmen wie nach Treppensteigen, ein einziger stummer Anlauf, den erst ein Räuspern beendet. Ich werde dich jetzt küssen, sagt er, okay?

Der Junge kündigt es also an und sichert es gleichzeitig ab, er scheut offenbar jedes Risiko bei diesem ersten Kuss, den er noch dazu festhält, und geht dann doch – eher aus Verlangen als Unwissenheit, möchte man meinen – gleich ein doppeltes Risiko ein, indem er die Augen schließt, als Filmender und Liebender, und ihren Namen, oder was er dafür hält, vor sich hin spricht, während sein Kopf einfach ein Stück herabsinkt, bis die Lippenpaare aufeinander liegen: nicht ganz der Klassiker des Kinos, denn ihre Augen sind weiterhin offen. Ein Blick voller Schrecken und voller Erstaunen, Erstaunen über diese stärkste Antwort auf einen Zustand zwischen Leben und Tod.

Vigo drückt den Mund auf ihren, solange wie ein Schweißtropfen braucht, um von der Stirn abzufallen und eine fremde Wange herunter zu laufen und von dort seinen Weg über Kiefer und Hals bis zur Schulter zu nehmen, ohne Zeitlupe und andere Effekte. Ein Kuss von einer Minute, würde man schätzen – nichts setzt ja das Zeitgefühl mehr außer Kraft als erste Küsse –, tatsächlich sind es nur ein paar beschleunigte Herzschläge, wenn man das eigene Herz als Maß heranzieht; dann schnappt der Junge nach Luft und tastet sich den Mund ab, zweite Echtheitsprüfung, während seine andere Hand zur Kamera geht, wie die von Rauchern nach dem Kuss zur Zigarette. Er holt sie vom Stativ, ein kurzes Chaos, und nimmt den, der geküsst hat, mit langem Arm auf, dessen Blick ohne ein Blitzen, ohne Triumph, nur selig entbrannt, eine Momentaufnahme, bis er sich neben sie legt, mit einem Finger an ihrem Gesicht wie auf einer Karte, den Kameraarm gestreckt. Da wäre das Gebiet der Stirn mit dem Wäldchen des Schläfenhaars, und da wären die Teiche der Augen und der Hügelzug einer Nase, darunter das Moor ihrer Lippen. Er zeigt auf jedes Stück und umkreist es, dann geht der Finger nach oben, zum Fenster in der Kabinendecke, man sieht den Himmel über dem Boot. Vigo scheint jetzt auf dem Rücken zu liegen, sein Gerät auf der Brust wie ein Neugeborenes. Man vergisst das Fenster, da ist nur manchmal der Rahmen, wenn das Boot schwankt, sonst aber nichts als Himmel, schon etwas rötlichblau, darin ein Kondensstreifen, der sich langsam seitwärts bewegt – die erwähnte Strömung –, als schwebe das Boot, trotz der Wellen, die noch in Abständen an den Rumpf klatschen, dazwischen eine Stille wie die, wenn der Zikadenlärm aussetzt. Und in einer dieser Pausen – die dritte, die vierte? – wieder der zarte Wink seines Räusperns. Ich liebe dich, hört man ihn sagen, ganz ohne Nachdruck, wie eine Alters- oder Wohnsitzangabe, dann wieder Stille und höchstens das eigene Herz, bis zum nächsten Klatschen; der Kondensstreifen jetzt schon am Rand. Und auf einmal ein Ruck durch das Boot, ein Wackeln des ganzen Bildes und auch jäher Wechsel. Man sieht die Tablettenschachtel über die Kante fallen, sieht die rollende Weinflasche, dann die offene Kabinentür, die Stufen nach oben, gleichzeitig der zweite Ruck und eine Stimme vom See her, aufgeräumt, schnaubend.

5

Der Schwimmer ist zurückkehrt, er hat sich etwas verschätzt mit der Strömung und Temperatur! Und der Herr Enkel? Vergnügt sich in der Kabine. Wie wär's mit der Badeleiter, oder soll ich mich an Bord ziehen? Dritter Ruck. Und erst jetzt ein Gang mit der Kamera wie auf Schienen über die Stufen hinauf zur Sitzlandschaft und weiter über die hintere Liegefläche bis zum Heck mit der Badeplattform; an den Scharnieren der Leiter die Hände des Schwimmers, dazu sein Schnauben, sonst nichts, als sei keiner an Bord, der die Leiter in den See lassen könnte. Und schließlich der umspülte Schädel des Bootsbesitzers, die wasserdichte Brille im nassen Haar, seine Augen nur vor Anstrengung leicht gerötet. Klapp sie runter, die Leiter, ruft er, das geht mit einer Hand. Oder hatte da wer gedacht, ich wollte auf die Weise für immer verschwinden und ihm fiele ein Boot in den Schoß?

Nein, überhaupt nicht, hört man den Jungen, die Stimme heller als vorher, künstlich ungetrübt, dann schon das Klatschen der Sprossen aufs Wasser. Der Schwimmer besteigt das Heck, er sieht den geknüllten Flugdrachen vor den Sitzen. Er sei nicht allein, sagt sein Enkel. Du bist nicht allein? Mit dem bekannten Blitzen kommt das, schon wieder bei Atem, dazu ein Griff zum erstbesten Handtuch. Und wer ist bei dir, eine Dame, wo steckt sie? Ein amüsiertes Mutmaßen und augenzwinkerndes Nachhaken und als vorläufige Antwort eine halbe Drehung zum Bug. Ach – der Prinzipal neigt sich ins Bild –, das tut mir leid, ich wollte nicht stören, die Dinge sind hoffentlich schon gediehen – eine Fliegerin hast du dir also ins Boot geholt, gratuliere.

Sie hatte einen Sturz, fällt ihm der Enkel ins Wort, ich habe sie aus dem Wasser gezogen, sie kann kaum ihren Namen sagen, wir müssen zum Ufer und Hilfe holen! Seine Stimme überschlägt sich, die Bilder tanzen, man sieht eine Hand, die zur Ruhe mahnt. Eins nach dem anderen, sagt der Zurückgekehrte, ist sie verletzt, ist sie bewusstlos, hat jemand gesehen, wie sie an Bord geholt wurde? Die mahnende Hand geht zur Schulter des Enkels und der weicht zurück. Ich war der einzige weit und breit, und wer weiß, was sie hat! Seine Stimme klingt plötzlich, als sei er erkältet, und er scheint nicht mehr zu wissen, was wichtig und unwichtig ist; mal sieht man die Stufen zur Kabine, mal den See, mal den Himmel, bis sich der Kenner des Sees dazwischen schiebt, beide Hände im Nacken, als stünde er wieder an der Glasfront seines Büros, neue Reformen vor Augen. Es gibt also keine Zeugen, gut. Und hat sie den Namen des Boots gesehen? Oder hast du deinen genannt? Die verschränkten Hände gehen in die Höhe, dann ein entschlossener Vorstoß in die Kabine, gefolgt von dem Jungen, der nicht zur

Ruhe kommt – Sie ist wohl allein auf den See raus, sonst hätte man sie gesucht. Also ist sie vom Westufer, wo's gleich genug Wind zum Fliegen gibt, dorthin müssen wir sie bringen, los! Heiser gehetzt dieses Los, Ruf eines Diebes, das gestohlene Gut in der Hand, ob Schmuck oder Kuss, während der Komplize schon einen Schritt voraus ist, man sieht ihn in der Kabine, wie er sich über die Schlafstelle beugt, ein Betrachten der Dinge im rechten Licht, man hört ihn ein paar Worte sagen, in vernünftigem Ton, wie ihre Telefonnummer laute, wie ihr voller Name sei, welchen Tag man heute habe, und dann macht er auch schon kehrt und kommt die Stufen herauf. Wir bringen sie an unser Ufer, sagt er. Man kann sie dort rascher ins Krankenhaus schaffen. Vor Assenza ist eine kleine Insel, nur mit Gestrüpp und alten Bunkern, da setzen wir sie ab samt dem Drachen, telefonieren und verschwinden. Oder willst du den Abend mit einem Protokoll bei den Carabinieris verbringen? Ganz nah jetzt sein Gesicht, die hochgezogenen Brauen nach einer Frage, die keine war, und vom Enkel nur ein Atmen, wie der klägliche Rest des Entbrannten. Denn jeder Retter, fährt sein Großvater fort, ist auch ein Zeuge. Außerdem ist sie ausgezogen und könnte behaupten, diese Maßnahme sei nicht nur zu ihrem Besten geschehen, das würde die Untersuchungen ausweiten. Also muss man Herr der Lage bleiben und seine Entscheidungen treffen. Wir bringen sie auf diese Insel. Wir ziehen ihr das Badezeug wieder an.

Das ist kaputt, ruft der Junge, zerrissen durch den Sturz! Und wieder eine Hand, Versuch, seine Stimme zu dämpfen. Aber wer glaubt das schon, flüstert der Principale. Sie ist eine Schönheit, trotz ihrer Blutergüsse, eine, die uns fluchen lässt, wenn sie vorbeigeht, auf hohen Schuhen, mit wippendem Haar, in den Hüften ein Auf und Ab wie die berühmte Kleine von Ipanema – ein zerknirschtes Fluchen, das uns selbst gilt, weil wir kein Mittel haben, sie zu stoppen und auf unsere Seite zu ziehen, und uns nichts bleibt, als dieses alte Lied zu summen – er summt die ersten Takte von Girl Of Ipanema –, und plötzlich liegt sie einfach da, nackt und bewusstlos in unserer Hand, das sind Fragen über Fragen, lieber Vigo, da schlägt sich ein tüchtiger Brigadiere gern eine halbe Nacht um die Ohren. Wir aber haben nachher einen Tisch am schönsten Platz der Welt, wir haben eine ganze Loggia für uns, direkt am Wasser. Ich hole mit euch das Venedig-Fest nach, sollen wir uns das nehmen lassen? Ein Anruf genügt, dann wird man sie holen, auf der Insel kann sogar ein Hubschrauber landen!

Und wenn sie mich später wiedererkennt? Ein mehr von Sorge als von Vernunft geleiteter Einwand, während der Jubilar zum zweiten Mal in die Kabine geht, um sich noch tiefer über das Bett zu beugen. Falsche Hoffnungen, ruft er. Je schöner eine Frau, desto ungenauer ihre Wahrnehmung von allem anderen. Es sei denn, du hast ihr Komplimente gemacht, höchstens daran wird sie sich erinnern, wenn sie wieder obenauf ist. Und nun fahren wir, Ende des Films, die Heckwellen als natürlicher Schluss!

Im Bild aber weiter der entschlossene Besitzer des Boots, seine Schritte über die Stufen aus der Kabine zum Steuer und dann abermals die Stufen, rückwärts; also ein Sichtaubstellen von seiten des Enkels, ein unbeirrtes auf die Dinge halten, die Beine der Verletzten, das schwarze Haar auf dem Tuchkranz, ihre Augen und eine Bewegung der Lippen, die er geküsst hat. Sie will offenbar etwas sagen, doch gleichzeitig das Anlassen der Motoren, ein kurzes Gasgeben im Leerlauf, dann schon das Fahrgeräusch, kleine Drehzahl. Und sie hat wirklich ihren Namen genannt und nicht nur Wasser gespuckt, tönt es von draußen herein. Ja, etwas wie Affa oder Afa, ruft der Junge und zeigt jetzt ihre Blutergüsse, erst den im Gesicht, von der Schläfe zum Hals, dann einen zweiten, größeren, von der Hüfte bis zur Achsel; man sieht seine Hand, das Bestreben, ihre Hand zu halten, als der Herr der Lage erneut die Kabine betritt, frisiert und umgezogen, lange Hose, Polohemd. Afa, so dürfte sie kaum heißen, afa heißt Schwüle – sie bekommt keine Luft hier drin, es ist zu stickig bei geschlossener Luke. Können Sie atmen, können Sie mich hören? Puoi sentire?

Und von ihr nur ein Augenaufschlag, in Richtung des Lichts, kein Ja und kein Nein, und etwas verzögert eine Bewegung des oben liegenden Schenkels, auch zum Licht. Man sieht seine helle Innenseite, hell wie die Bäuche von Fischen, und der Principale verkleinert die Lippen, als hätte er eine schmerzliche Nachricht erhalten. Er nimmt das Knäuel des Badeanzugs und entwirrt es, er schwenkt die nassen Fetzen und zeigt sie der Liegenden. Ihr Badeanzug, sagt er in förmlichem Ton, ist nur durch den Sturz auf das Wasser zerrissen worden, ohne Fremdeinwirkung, und man musste ihn ausziehen, da Sie unterkühlt waren – würden Sie das bestätigen? Ihre Augen gehen wieder zu, allerdings nicht ganz, es bleibt ein Spalt, ihr Rest von Blick. Also nicht! Eine Feststellung von anwaltlicher Schärfe und dann auch gleich, dem Enkel zugeraunt, die Folgerung: Da bleibe nur das Handeln, wie besprochen. Besprochen, flüstert der Junge, mit wem? Und im nächsten Moment eine Hand vor der Linse, ein Rucken und das Schlagen der Kabinentür, dann eine Stimme wie von der Bühne herab, alle Register. Wir müssen uns von ihr trennen, es ist das Vernünftigste. Dein Großvater hat sich immer nur von Vernunft leiten lassen, und wenn dies nach Regeln geschah, die nicht die Regeln der Mehrheit waren, so war auch das vernünftig! Und auf einmal der Nacken des Vernunftgeleiteten, das Haar dort erstaunlich lang und an den Spitzen geringelt, und vom Nacken ein Sprung zur Hand an den Gashebeln. Man sieht ihr Schlagen gegen die Hebel, und beide Motoren pressen die Colombo so jäh aus dem Wasser nach vorn, dass sich die Dinge überschlagen, man nur spekulieren kann – der Junge muss samt dem Gerät in die Sitzlandschaft geflogen sein, über den Drachen gestolpert, das erste ruhigere Bild: die Gischt an der vorderen Backbordseite, als das Boot nach dem Aufbäumen schon zu gleiten beginnt und in Fahrtrichtung das Ostufer mit dem Baldo-Massiv auftaucht. Was da in der Ferne wie ein Wrack aussieht, ruft der Herr der Lage, das ist die kleine Insel, Trimelone, meistens ohne Besucher. Die Leute haben Angst, weil rund um die Insel bei Kriegsende Granaten versenkt wurden; der See war geduldig, aber es kann sich noch rächen. Hattest du etwas mit ihr, hast du sie angefasst? Vielleicht ist sie mehr bei Bewusstsein, als sie uns zeigt. Frauen pflegen nicht so aufzutrumpfen mit Wachheit wie Männer. Erst bei der Trennung bekommt man diese Wachheit zu spüren, wenn uns das Drama der Details um die Ohren fliegt; Affären sind ein Geschäft, das niemals die Kosten deckt, manchmal ist schon ein Kuss zuviel. Und die Schöne ohne Namen hat leider einen Mund, vor dem man kaum Halt machen kann. Es sei denn, man filmt ihn – so kann man auch küssen, nicht wahr?

Ja, sagt der Junge und versucht, die Insel heranzuholen, aber das Boot schlägt zwischen den Wellen immer wieder aufs Wasser, kurz und hart, unmöglich, die Kamera ruhig zu halten. Natürlich sind echte Küsse schöner, fährt der Kenner des Sees und der Frauen in den Wind rufend fort, nur hauen sie einen auch mehr um, mein Guter. Selbst der süßeste Kuss hat einen Geschmack des Sterblichen, und das sage ich als Mann der Vernunft, des Sterblichen, weil er sich nicht endlos ausdehnen lässt, wir brechen ihn irgendwann ab, auch wenn wir weiterküssen wollen – ein Tribut an den Tod. Du hast sie also nicht berührt?

Nur trocken gerieben, sie hat gezittert vor Kälte!

Man weiß nie, warum Frauen zittern. Und danach? Kein Kontakt? Scheinbar eine nüchterne, polizeiliche Frage, in Wahrheit umsichtig; das Boot wird abgebremst, damit der Lärm sich legt, als zähle nun jedes Wort des Enkels. Er habe sie nur angesehen, hört man ihn sagen, während die Insel ins Bild kommt, gut zu erkennen schon die Bunkeranlagen. Auch eine Form von Kontakt – der Umsichtige beschleunigt das Boot wieder –, deshalb müssen wir auch darauf achten, dass uns niemand sieht! Wir laufen die schroffe, dem See zugewandte Inselseite an: für Liebespärchen ungeeignet, und andere zieht es nicht nach Trimelone. Nur ist das Ankern dort zu gefährlich wegen der Munition im Sand, und man kommt mit dem Boot auch nicht ans Ufer, das Wasser ist zu flach. Also bleibt einer an Bord, und der andere tut, was getan werden muss. Er zieht der Schönen die Fetzen an, legt sie auf den Drachen und schwimmt mit ihr die letzten Meter, deine Aufgabe. Und am Ufer setzt du sie so ab, dass sie gesehen werden kann, während ich telefoniere. Danach schwimmst du zurück, wir verschwinden im Dunst.

Und mein Film? Ein leiser Zwischenruf, eher traurige Bemerkung als neuerlicher Einwand. Der macht jetzt einen Sprung, erwidert der Mann der Vernunft, und schon sieht man nichts als Wasser, die Wellen kleiner als noch Momente zuvor, nur mehr ein sanftes Auf und Ab ohne Schaum, bei längerem Hinsehen wie angehalten, als sei es ein Foto: das einer Hügellandschaft, taubenblau und auch aus Sicht eines Vogels; binnen kürzester Zeit, innerhalb von Minuten, kann sich ja der Wind gegen Abend legen, ein bekanntes Phänomen am größten italienischen See. Das Wasser beruhigt sich, als hielte jemand die Hand darauf, und wo eben noch Wellen waren, ist nur noch leichte Bewegung, wie in einem riesigen Tuch, von den Bergen im Norden über die Erkrümmung bis zum Veroneser Ufer gespannt.

6

Und hat sie noch etwas gesagt?, fragt der Principale. Nein, antwortet sein Enkel, sie hat nur geatmet und versucht, die Augen offen zu halten. Wann wird die Hilfe da sein? Halbnah jetzt die Hand, wie sie gedreht wird, um die Uhr zu lesen, und statt einer Einblendung leise die Zeit – Achtzehn Uhr vierzig, murmelt der Junge und zeigt die weißen Bahnen hinter dem Boot, an ihrem Ende die Insel, schon wieder wrackähnlich. Dann müssten die Carabinieri bald da sein, ruft der Vater des Plans. Mein Anruf war genau um halb, ich habe von Hilferufen gesprochen, hörbar bis zur Uferstraße. Und dieser Film, den du drehst, wer wird ihn sehen? Eine rasch eingestreute Frage, die der Junge überhört oder nicht hören will. Sie wird sich erinnern, sagt er wieder. Sie hat mich angeschaut und auch einmal geschrieen. Sie kennt mich.

Unsinn! Der Frauenerprobte, eine Hand im Haar, als könne es im Fahrtwind davonfliegen, lächelt dem Enkel zu. Selbst in der Ehe kennt man sich nur begrenzt, immer wieder gibt es Überraschungen, ruft er. So wurde Marianne vor einiger Zeit beispielsweise religiös. Es fing auf einer Mexiko-Reise an, als wir Katakomben voller Totenschädel besuchten – für Ungläubige oft der einzige Trost, die unverwüstlichen Knochen und Zähne, Marianne war dagegen schockiert. Noch am selben Tag besuchte sie in diesem Ort, Guanachuato, eine Messe und blühte geradezu auf. Das Katholische entspricht ihr, sie kniet auch, wenn's sein muss, ein seltener Anblick, also begleite ich sie gern. Früher haben wir Kirchen besichtigt, heute benutzen wir sie. Und seit neuestem hängt sogar ein kleines Kruzifix in unserem Schlafzimmer – und du hast die Schöne wirklich nichts als abgetrocknet?

Und die Antwort nur ein Schwenk aufs Wasser, wie auf eine weiche glänzende Haut, in die man eintauchen möchte, und gleich das Weiterbohren: Es erscheine ja schon fast unvernünftig, sie lediglich abzutrocknen, und auch nicht glaubhaft – Du hast sie ausgezogen, du hast sie gewärmt, also hast du sie auch berührt, das mag sie erschrocken haben, daher ihr Schrei – wie oft hat Marianne am Anfang geschrieen, wenn ihr etwas nicht passte, und doch war mein Tun in den ersten Jahren im großen und ganzen erwünscht, wie es der Schönen wohl auch kaum geschadet haben dürfte, als deine Hände sie wärmten. Aber dann kommt der Moment, ausgelöst oft durch ein Nichts – Streit um eine Gästeliste, verschütteter Wein –, mit dem das bis dato Erwünschte auf einmal zum Fressen für die Anwälte wird. Frauen neigen zur Raserei, wenn es um die Selbstachtung geht. Die Frau, die du gerettet hast, könnte zu der Sorte zählen. Ist dir aufgefallen, dass sie nirgends tätowiert war, aber einen hellen Streifen am Handgelenk hatte, wie ihn nur schmale Uhren hinterlassen? Kein kriegerisches Zeichen, wie sonst üblich bei solchen Sportarten, dafür umso mehr Kampfgeist. Sei froh, dass wir sie los sind – oder hast du dich verliebt? Man liebt schneller, als man denkt, und von tausend Gedanken begleitet kommt der Moment der Trennung, darum tut es auch so weh am Ende.

Woher er das wisse, dass da nirgendwo ein Tattoo war, fragt der Junge, und erst jetzt lässt er das Wasser Wasser sein und wendet sich wieder dem Großvater zu, er zeigt ihn stehend hinter dem Steuer, noch immer die Hand im Haar. Woher? Ich habe sie mir angesehen, von allen Seiten, ich habe nach Verletzungen gesucht. Ist dir das Zarte ihrer Kniekehlen aufgefallen? Ungewöhnlich für eine Sportlerin. Ich bin vielen Sportlerinnen begegnet, im Rahmen unserer Kampagnen, ich habe getanzt mit ihnen, ich habe in Jacken und Mäntel geholfen – solche Kniekehlen gab es nie. Diese Frau hätte dich ruiniert, wir haben richtig gehandelt. Die Vernunft ist das einzig Weibliche, dem man trauen kann. Auch Marianne könnte mich ruinieren, sie wäre die Kronzeugin all meiner Schwächen, eine solche Frau erwägt man nicht zu verlassen, man erwägt ihren Tod. So geschehen in Mexiko – eine Reise, die wir nur angetreten haben, damit ich mir unterwegs eine bestimmte Person aus dem Kopf schlage. Und zwar die Person, die mich nach meinem Ausscheiden am menschenfreundlichsten interviewt hat. Sie war die einzige, die mir keinerlei Fragen stellte in diesen Tagen und Wochen, sie ließ mich einfach reden, aber auch einfach nur dasitzen, schweigend, und am Ende des Termins in einer Frankfurter Hotelsuite mit kugelsicheren Fenstern traf mich die ganze Süße eines liebenden Blicks. Zwei Tage danach rief sie an, um zu fragen, wohin sie das Interview mailen solle, damit ich es gegenlese, und irgendwie wurde aus diesem Telefonat eine Verabredung in Venedig. Ich traf sie im Cipriani, ich hatte zwei Zimmer bestellt, wir benötigten später nur eins. Sie war genau halb so alt wie ich, aber das war ohne Bedeutung, als wir nachts durch die Stadt gingen, an ihren verzweigten Adern entlang, immer darauf bedacht, dass keiner den anderen führte, bis wir gegen Morgen wieder ein Boot zum Hotel nahmen. Was sie an mir gemocht hat, vom ersten Tag an, ich scheue mich zu sagen: liebte, war mein Alleinsein nach dem Ende, denn sie war selbst eine Alleinige, nicht weil sie keinen Anschluss gefunden hätte, im Gegenteil, dazu war sie zu schön, sondern weil sie dieser Schönheit misstraut hat. Ihr Haar, ihr Mund, das Strahlen der Augen, aber auch das ihrer Schenkel waren für sie unverdiente Geschenke, wir glichen uns in diesem Punkt, zwei, die sich ihr Glück verdienen wollten. Und auch unsere Liebe war Arbeit, sie hat in kurzer Zeit soviel Kraft gekostet, dass Marianne es buchstäblich ablesen konnte, wie glücklich unglücklich ich war. Also buchte sie die Mexiko-Reise, und ich traf mich noch einmal mit der einzigen, die mir rundherum wohlgesonnen war, in der Stadt auf Stelzen. Wir liefen nachts über den Platz meines Triumphes, der schon drei Jahre zurücklag, und gingen wieder an den Kanälen entlang, in der schwebenden Stille, bei der man den eigenen Schritt hört, hintereinander auf engen Wegen, umschlungen über versteckte Brücken, Stunde um Stunde ohne ein Wort, bevor wir uns am Morgen noch einmal in unseren tiefsten Einsamkeiten verloren, ein letztes Vermischen unser beider Dinge, aus dem ein neues Leben entstand – und das bleibt unter uns, womit sich endgültig die Frage stellt, was aus dem wird, das dein Gerät, obwohl es nicht zu den besten zählt, so unermüdlich festhält, seit wir auf dem See sind.

Für einen Moment noch der Fragende, mit hochgezogenen Brauen, sein Fordern einer Antwort, dann der erwähnte See, in Fahrtrichtung links oder backbord schon das Ufer von Torri mit der Zwiebelturmkirche und im Süden ein Streifen Sonnenlicht quer über die Seefläche, von den Manerba-Klippen im Westen bis zur Landzunge von San Vigilio, ihrem Ziel. Daraus wird ein Film, hört man den Enkel sagen. Daraus könnte aber auch nichts werden, entgegnet der Großvater. Das Gerät könnte plötzlich ins Wasser fallen, mein guter Vigo, und am nächsten Tag hättest du das beste seiner Art. Die Loggia, in der wir zu Abend essen, bietet dafür die schönste Voraussetzung, eine kleine Unachtsamkeit, und das Gerät fällt von der Brüstung. Das Schließen undichter Stellen war ja zuletzt mein tägliches Brot, nur ist man selbst oft die undichteste Stelle. Es vergeht kaum ein Tag, an dem ich Marianne nicht von dem Kind, das keine zwei Autostunden von hier entstanden ist, erzählen will, und dann genügt es, dass sie sich die Nägel in meiner Gegenwart feilt oder mit einem Lächeln, bei dem sie sich auf die Lippe beißt, in ihrem Notizbuch zu blättern beginnt, und ich halte den Mund. Wie immer die Prozesse, die mich erwarten, ausgehen: Ich bin bereits vorbestraft. Und mein lieber Enkel hat sich vorhin vielleicht auch eine Vorstrafe eingefangen – nicht die Gerichte verfolgen uns, es sind die Erinnerungen. Also?

Doch vom lieben Enkel wieder nur Bilder, man sieht die Gischt am Bug, man sieht die Landzunge mit ihrem Zypressenkamm, ein Schäumen und Spritzen vor dem Bild der Ruhe; und man sieht den Bestraften hinter dem Steuer. Aber im übrigen, sagt er, kann ein Abend mit Marianne sehr schön sein, wenn sie etwa Musik auflegt, denn deine Großmutter versteht viel von Musik. Sie hätte Pianistin werden können, nur kam ich dazwischen, als Bühne ohne Flügel, dafür gab es dort die gedeckte Tafel für Staatssekretäre und Aufsichtsräte mit Gattin. Marianne konnte eine Sinfonie aus so einem Abend machen, und nachdem alle gegangen waren, kam die wahre Musik, dabei ist es geblieben, wenn wir allein sind. Sie sitzt mir gegenüber und kennt jeden Ton, und vor den bewegendsten Stellen holt sie Luft, um nicht zu weinen, und ich verehre sie für etwas, das sie nie geworden ist. Sie trinkt und raucht und lauscht der Musik und droht an solchen Abenden zu verfallen, ein Balanceakt zwischen Stolz und Verzweiflung. Marianne ist der Grat, auf dem sie wandelt, während ich gehe oder falle. Und du? Schon mal gefallen? Du musst erwachsen werden, adulto! Der Principale lacht, er nimmt das Gas weg, und das Boot pendelt sich auf dem glatten See aus; über dem Wasser jetzt der Dunst von einem Goldton, wie ihn nur unbestechliche Maler festhalten können. Und gilt unser Abkommen, caro Vigo, dein altes Gerät gegen das neueste?

Im Bild kurze Unruhe – durch ein Nicken oder Wiegen des Kopfes, schwer zu sagen –, die Landzunge tanzt samt einem Haus an ihrer Spitze, in den Scheiben das Licht der niedrigen Sonne. Der Enkel oder teure Vigo räuspert sich wieder, eher ein Tick als das Zeichen von Nervosität; er holt das Haus heran, einen Bau von großer Schlichtheit, quaderförmig, mit Bogenfenstern auf zwei Etagen und einem Dach, das kaum ins Gewicht fällt. Man sieht nur kurz seine Schindeln, als das Boot schon weiterfährt, dann den Mann, der entweder geht oder fällt. Er kämmt mit den Fingern sein Haar zurück, er nickt dem Enkel zu, Also ja, sagt er, wir sind uns einig.

Die Colombo macht einen sanften Bogen, hin zu dem Gebäude, das etwas oberhalb des Wassers steht, davor ein Wall aus beschnittenen Hecken mit Seezugang. Und wie ist das Gefühl bei so einem Abkommen, fragt der Achtzehnjährige, wie fühlt man sich überhaupt, wenn man vierundsechzig wird? Nah jetzt das Profil des Großvaters, ein erschöpfter Blick, während er lacht oder die Zähne zeigt. Hier in Italien, sagt er, gibt es die beliebte, alles Befinden, das eigene wie das deiner Nächsten, umfassende Frage, wenn man sich einige Zeit, unter Umständen nur einen Tag lang nicht gesehen hat, Tutto bene? Ich würde darauf mit einen Ja oder Si antworten, das auch Nein heißen kann. Aber schau lieber auf das schöne Gebäude und beachte seine Öffnung zum See – was fällt dir auf? Der alte Kenner des Sees will ins Bild, aber der Junge lässt es nicht zu, er konzentriert sich jetzt auf das Haus mit den Bogenfenstern aus spiegelndem Glas, und wie zur Strafe kommt die Frage nach dem erwähnten Bauherrn, als das Boot keinen Steinwurf vom Ufer entfernt an dem erhöhten Gebäude vorbeifährt, darunter der schoßartige Seezugang, deutlich ins Gezweig geschnitten: die auch erwähnte Pforte, nur einen Moment lang im Bild, zu nah, um sie als solche erfassen zu können. Dann erscheint schon das Nebengebäude, ins Wasser reichend mit seinen Mauern, untersetzter als das Haupthaus, aber ebenfalls mit zwei Etagen und Bogenfenstern, unten und oben je fünf, die unteren offen, in jedem ein gedeckter Tisch. Da werden wir essen, sagt der Gastgeber, die begehrten Loggien. Und erbauen lassen hat das alles der Humanist Agostino Brenzone, ein Name, den man sich merken muss. Von ihm stammt auch die famoseste Aussage über sein Reich, eine Ableitung, die mir immer gefallen hat, willst du sie hören?

Er lenkt die Colombo jetzt durch eine Enge zwischen dem Nebengebäude und einem Felsen mit Möwen, der aus dem Wasser ragt, auf die Einfahrt eines liliputanischen Hafens zu, darin ein einziges anderes Boot, Mahagoni und Chrom, vertäut an einer ausgetretenen Mole unter Weinlaub. Nur das letzte Stück liegt in der Abendsonne, ein leicht gekrümmter Finger mit zwei Frauen auf der Spitze, beide schlank, beide groß, Mutter und Tochter, kaum zu übersehen, wenn man nicht nach Ähnlichkeit Ausschau hält. Die ältere trägt Jeans mit künstlichen Flicken – die Trophäe des Verona-Bummels –, dazu ein weißes Hemd plus weißem Strohhut, die jüngere steht in Rock und Pullover da, als sei es kalt, das brünette Haar hochgesteckt, um die Schulter eine Fototasche, vor den Füßen ein Paket mit Schleife. Ja, warum nicht, hört man den Enkel antworten, während die beiden Frauen nun winken, und der Jubilar winkt zurück, die Hand über dem Kopf hin- und her bewegend, als sei's ein Abschiednehmen. Dann stellt er die Motoren aus und greift sich die Enterstange, um das Boot durch die schmale Einfahrt zu bringen. Also hör zu, sagt er, und sieh dir dabei diesen Platz an. Die ganze Welt, begann Brenzone seine Ableitung, besteht aus drei Teilen: Afrika, Asien und Europa. Der schönste Erdteil ist Europa, und davon ist Italien das schönste Stück, von Italien aber die Lombardei und von jener wiederum ihr größter See, und an diesem schließlich ist es die Halbinsel San Vigilio. Ergo ist San Vigilio der schönste Ort der Welt. Und dort, mein Lieber, haben wir jetzt gleich den schönsten Tisch, für dich mit einem Platz an der Brüstung, wenn du dein altes Gerät aus der Hand legen könntest, um mir beim Festmachen zu helfen.

Tutto bene?, ruft die Frau in den Jeans, also Marianne, und der Principale bleibt bei seinem Si oder No; er lacht es heraus, fast ein Schrei, in den Händen noch die Stange, ihr Ende im Wasser, so, dass man nicht umhin kommt, an einen zähen Gondoliere zu denken: den die Tochter auf Geheiß ihrer Mutter fotografieren soll, worauf seine Augen zugehen, cut.

7

Halbnah eine Speisekarte, aber nur kurz, zu kurz, um die Menüfolge lesen zu können, di Vitello springt einem ins Auge, vom Kalb, dann schon das Geburtstagspaket, jetzt ohne Schleife, und ein paar bekannte erwachsene Hände, die nicht lange fackeln, es einfach aufreißen, das feine Papier bei Seite schaufeln, bis der Schriftzug Hermès hervorsieht.

Aha, sagt der Principale mit dem Charme des älter Gewordenen, der den Verlust der Zeit scheinbar hinnimmt; er sitzt an der Loggiabrüstung, in einem der Paul & Shark-Hemden aus dem Boot, von unten hört man das Wasser klatschen. Neben ihm seine Tochter, die er Frau Tochter nennt, in dem Pullover gegen vermeintliche Kälte, beide Ärmel über die Handballen gezogen, vor sich auf dem Teller, wie ein skurriles Gericht, ihre Leica. Ein Kellner schenkt Champagner ein, man sieht die Flasche, die er hält, man sieht einen zuverlässigen Unterarm – der Camcorder vermutlich auf der Steinbrüstung, wie vorgeschlagen oder vereinbart, denn da sind jetzt auch Vigos Hände, seine Geste, mit der er das Einschenken abwehren will, offenbar durch eine andere Geste, die des Jubilars, übertrumpft; der Enkel sitzt dem Großvater gegenüber, an seiner Seite, logischerweise, Marianne. Das Geschenk wird dir gefallen, hört man sie sagen, ein etwas atemloses, fast intimes Sprechen, wie von sich selbst eingeschnürt. Was, erwidert ihr Mann, ein Bademantel? Hat mir ein Bademantel gefehlt? Und schon sieht man den Mantel, blauweiß wie das Badetuch und das Boot, und die Tochter macht Anstalten, ihn unter dem Tisch verschwinden zu lassen. Er solle sich einfach vorstellen, so ein Mantel hätte ihm gefehlt – willst du das versuchen? Eine ebenfalls gezügelte Stimme, nur klerikal leise, von kühler Güte. Aber ihr Vater schüttelt den Kopf, er will sich das nicht vorstellen, und der Bademantel, so überflüssig er also ist, soll weder unter den Tisch noch auf den Tisch. Der Beschenkte nimmt ihn der Tochter ab und hängt ihn sich über die Stuhllehne, ein Versuch, mit dem Geschenk warm zu werden, auf seine Art, während der Kellner wie zur Unterstützung Kerzen entzündet, obgleich es draußen noch hell ist; alle Gläser sind gefüllt, und als auch die letzte von drei Kerzen brennt, entsteht eine Pause. Die Blicke von Vater und Tochter gehen zuerst in die Flammen, dann aufs Wasser, auf den abendlich glatten See, der jeden gleich anspricht, der niemanden warten lässt.

Dafür wartet man auf ein Wort des Jubilars, auf seine Eröffnung des Abends oder den Dank für ein Geschenk, das er offensichtlich nicht braucht, doch betrachtet er nur die Hände oder Fäuste der Tochter auf dem Tisch, unter den Fingerspitzen der Pulloversaum, bis sein Blick plötzlich zur Kamera geht. Das

Gerät scheint ohne Stativ auf der Brüstung zu stehen, vermutlich erhöht auf der kastenförmigen Tasche, ein ständiges Risiko, die Tochter kann kaum hinsehen, während ihr Vater das Glas hebt, für das erwartete Wort. Wie schön, dass wir jetzt hier beisammen sind, wo es doch heute vor vier Jahren nicht möglich war. Sich im Leben etwas Glück erjagen ist mühsam, wie das Leben an sich, nur der Tod ist eine leichte Beute. Trinken wir auf dieses Jagdglück! Er sieht in die Runde, eine weitere Pause, in der seine Frau das Wort ergreift. Stoßen wir auf dein Wohl an, mit vier Jahren Verspätung, sagt sie, und man sieht den Strauß der Gläser über dem Tisch und hört ein gleich mehrfaches Klingen mit Zufallskadenz vor der Stille des Trinkens, oder eher einem Nippen, das nicht am Sprechen hindert, jedenfalls nicht Marianne. Das müsse ja eine furchtbare Magensache gewesen sein vor vier Jahren, wenn sie einen derartig ans Bett fessle – von verdorbenem Fisch, nicht wahr?

Von verdorbenem Fett, hört man den Enkel sagen. Und ganz so furchtbar war's nicht. Wir haben sogar geschlafen im Flugzeug nach Rom.

Geschlafen im Flugzeug nach Rom? Die Großmutter des Jungen beugt sich ins Bild, sie hat kurzes Haar und eine so durchscheinende Haut, dass man fürchtet, die Kerzenflammen könnte sie entzünden. Ja, sagt ihr Enkel. Und von da sind wir weiter nach

Venedig und haben uns am Flughafen ein Wassertaxi genommen, ziemlich teuer, aber schön. Fanden wir doch beide: dass sich die Fahrt gelohnt hat, oder? Eine Frage an die Mutter, die sofort auf den See schaut, vorbei an ihrem Vater, der sein Glas absetzt. Was ich mir heute alles vorzustellen habe, ruft er. Zuerst den Wunsch nach einem Bademantel und jetzt auch noch das: ihr wärt an dem Abend nicht sonstwo im Bett gelegen, sondern gesund auf dem Markus-platz gestanden, womöglich noch mit Glas in der Hand, um von weitem auf mich anzustoßen, die Kellner des Florian waren ja über die Grenzen ihres Cafés unterwegs, um die Rechnung in die Höhe zu treiben, warum nicht auch bis zum Sockel des Campanile.

Genau dort standen wir, kommt es von seiten des Jungen, die Stimme jetzt auch eingeschnürt, aber eher nach Art von Marianne in ihren neuen Jeans mit den Flicken. Nur standen wir ohne Gläser da, oder hatten wir Gläser? Eine Frage an die Mutter, die ihre Leica in die Hand nimmt, statt zu antworten. Immerhin hatten wir noch unser Gepäck, fährt der Sohn fort, wir hatten noch kein Hotel, wir waren gerade mit dem Boot angekommen, war's nicht so? Die Stimme wird noch leiser, als entstünden seine Worte zwischen den Zähnen, um von dort gleich über den Tisch gespuckt zu werden. Wer künstlerische Pläne hat, schaltet sich Marianne nun wieder ein, der braucht Phantasie – wir wussten gar nicht, wieviel Phantasie unser Enkel hat. Hast du es gewusst? Sie beugt sich erneut ins Bild, halb über die Kerzen, sie wiederholt die Frage, ohne Ergebnis, ihr Mann spielt den Tauben. Er schiebt seine Hände in die Bademanteltaschen, auf einmal Vater einer frierenden Tochter, er sieht auf die Brüstung, fast in das Gerät des Enkels und bestreitet jetzt das Schweigen, nicht mehr die Unterhaltung, mit der Folge, dass auch die Tochter sich vorbeugt. Sie sucht geradezu die Hitze der Kerzen, bis sie und die Mutter gemeinsam im Bild sind, beide mit Fältchen in den Mundwinkeln, steil nach oben, ein ewiges Ja oder Gern, wie gegen die Schwerkraft erzwungen. Und aus welchem Grund habt ihr euch nicht gezeigt?, fragt der Jubilar, während seine Tochter die Leica hebt.

Die Dinge wackeln für Sekunden, das Besteck, die Kerzen, die Gläser, der Junge will plötzlich den ganzen Tisch, er rückt sein Gerät ans äußerste Ende der Brüstung, wenn das reicht – man sieht Marianne, das Gesicht zwischen den Fingern wie eine Vase aus Murano, offenbar rechnet sie damit, fotografiert zu werden. Aber die Tochter richtet das teure Stück auf den Vater, der eine Antwort will. Und hier eine weitere Pause, der Enkel gibt keine Antwort, man hört nur sein Räuspern und sieht wieder die Hände des Kellners, er bringt den Gruß aus der Küche, die Probe der Kochkunst, eine willkommene Ablenkung, könnte man meinen, aber der Gastgeber winkt ab. Dopo, sagt er, und kaum ist das Tablett mit vier Spatzenportionen verschwunden, beugt er sich ebenfalls über den Tisch. Ihr wolltet es nicht.

Eine einfache Erklärung, so einfach auf der Hand liegend, dass der Erklärer selbst dazu nickt, während seine Augen zu den Augen der fast Ertrunkenen werden und der Enkel ihrem Blick auf das Wasser folgt, über die Bucht von Garda und die Spitze von Sirmione bis zu einer Goldbahn quer über den See, als hätte die Natur in einem unfreundlichen Akt die Kunst nachgeäfft. Das Glatte, Unbewegte, ja Starre des Wassers fällt einem auf, bis wie aus dem Nichts zwei einzelne Wellen aus dem Dunst kommen, in lautloser Unruhe, und schließlich an die Mauer unter der Loggia schlagen, einmal, zweimal, dreimal sogar, während der See schon wieder glatt ist, so glatt, dass die letzte Sonne daran scheitert, ihr Licht ergibt keine Bahn mehr, nur noch juwelenhafte Flecken. Aber warum, hört man den Principale in der Art eines Tierlauts, Ma perché? Erneuter Schnitt und nun doch eine Einblendung, Uhrzeit und Datum, am unteren Rand eines Schwarzweißfotos.

Fünf, sechs Herzschläge lang die Brüstung neben dem Tisch, an der Kante die schwarze Tasche, dahinter eine Hand des Jungen, dann schon das nächste Foto – Wasser unterhalb der Loggia, darin etwas Helles, wie ein toter oder todgeweihter Fisch, der Camcorder, was sonst, und daran anschließend Vigos Miene, sein schlecht gespielter Schrecken, ein Gesicht wie das junger Schauspieler auf alten Plakaten, herrenlos schön, ganz anders als das Porträt von Marianne, Bild vier: die Geschichte vom Schönsein auf einen Blick. Und danach erst die Hauptperson, Mund halb aufgesperrt, um das Gesicht zu spannen, eine letzte Verteidigung, beide Daumen unter den Augen, als vergeblicher Damm: der Prinzipal im Mittelpunkt von nichts, weinend, ein Foto, das überdauern könnte, aber nicht das Schlussbild. Schlussbild ist die Hand des Enkels auf der Brüstung, jetzt neben der Kameratasche, zwischen den Fingern drei kleine Tapes oder Bänder wie Schokoladenriegel; bleiben noch der Abspann mit Widmung, Für eine Mitwirkende ohne Namen, und am Ende der Titel, Ein Tag im Spätsommer.

Neue Literatur in der Frankfurter Verlagsanstalt

(eine Auswahl)

Claire Beyer. Remis
Roman. 176 Seiten, gebunden
»Wie nur bekommt man so viel Spannung in einen so schmalen Roman? Man muss eine Zauberin zwischen den Zeilen sein – wie Claire Beyer« (Brigitte)

Silvio Blatter. Zwölf Sekunden Stille
Roman. 304 Seiten, gebunden
»Man kann sich der Erzählkraft dieses Romans nur schwer entziehen.« (Die Welt)

Silvio Blatter. Eine unerledigte Geschichte
Roman. 224 Seiten, gebunden
»Silvio Blatter zeichnet in seinem bewegenden Roman eine Kindheit nach, die geprägt ist von der Suche nach Gefühlswärme, Offenheit und Wahrheit.« (Südwest Presse)

Nora Bossong. Gegend
Roman. 128 Seiten, gebunden
»Gegend ist eines der überzeugendsten Erzähldebüts des soeben vergangenen Jahres.« (Frankfurter Rundschau)

Javier Calvo. Der spiegelnde Gott
Roman. 398 Seiten, gebunden
»Das originellste, scharfzüngigste, frischeste und dekonstruktivste Ding, das du dieser Tage zu lesen kriegst.« (El Périodico)

Laurence Cossé. Der 31. Tag des Monats August
Roman. 252 Seiten, gebunden
»Stilsicher verwandelt die Autorin ihr unscheinbares Entlein in ein Thelma-und-Louise-Energiebündel, das endlich einmal so richtig Gas gibt.« (Süddeutsche Zeitung)

Ernst-Wilhelm Händler. Wenn wir sterben
Roman. 480 Seiten, gebunden.
SWR-Bestenliste Platz 1 - Bestes Buch des Jahres 2003
»Ernst Wilhelm Händler vollzieht in seinem raffinierten Roman nichts Geringeres als die feindliche Übernahme der deutschen Gegenwartsliteratur ... Wenn es noch Zweifel geben sollte, ob Ökonomie überhaupt literaturfähig sei, dann sind sie hiermit endgültig entkräftet.« (Frankfurter Allgemeine Zeitung)

Ernst-Wilhelm Händler. Die Frau des Schriftstellers
Roman. 640 Seiten, gebunden
»Wer Die Frau des Schriftstellers vor allem als Buch über die Zwänge und die Kälte des gegenwärtigen Literaturbetriebs liest, wird allenfalls Einzel-Aspekte dieser Kaleidoskop-Prosa erkennen - immerhin handelt es sich hier um den ehrgeizigsten und erfolgreichsten Versuch seit langem auszuloten, was Literatur überhaupt vermag.« (Literaturen)

Tanja Kinkel. Götterdämmerung
Roman. 447 Seiten, gebunden
»Der ›weibliche Noah Gordon‹ hat einen brisanten Wissenschaftsthriller in bester Crichton-Tradition verfasst.« (AZ)

Bodo Kirchhoff. Infanta
Roman. 544 Seiten, gebunden
»Es ist ein spannendes Buch, das den Leser so in die Gegenwart der Erzählung hineinzieht, dass er die eigene Zeit vergisst. Etwas Selteneres lässt sich von einem deutschen Roman kaum sagen.« (Frankfurter Allgemeine Zeitung)

Bodo Kirchhoff. Parlando
Roman. 536 Seiten, gebunden
»Ein fabelhafter Erzähler, ein großartiger Schriftsteller, eine grandiose Episode nach der anderen!« (Marcel Reich-Ranicki)

Bodo Kirchhoff. Schundroman
Roman. 320 Seiten, gebunden
»Ein höllisch rasant erzählter Thriller.« (Neue Zürcher Zeitung)

Bodo Kirchhoff. Der Sommer nach dem Jahrhundertsommer
Erzählungen. 496 Seiten, gebunden
»Es ist ein Leseschatz, eine Fundgrube für Kirchhoff-Leser und Leser, die es werden wollen oder auf Empfehlung werden sollten.« (Hessischer Rundfunk)

Bodo Kirchhoff. Wo das Meer beginnt
Roman, 307 Seiten, gebunden
»Das ist so scharf beobachtet, so witzig, dramaturgisch geschickt und spannungsreich erzählt, da erweist sich Kirchhoff auf der Höhe seiner Kunst.« (Frankfurter Allgemeine Zeitung)

Bodo Kirchhoff. Die kleine Garbo
Roman. 288 Seiten, gebunden
»Kirchhoff erreicht hier in seinem Erzählen eine neue Intensität.« (Südwest Presse)

Bodo Kirchhoff. Der Prinzipal
Novelle. 128 Seiten, gebunden

Gert Loschütz. Dunkle Gesellschaft
Roman. 220 Seiten, gebunden
»Dunkle Gesellschaft ist ein faszinierender Roman, dessen Lektüre einen Sog erzeugt, dem der Leser sich schwer entziehen kann.« (Die Zeit)

Gert Loschütz. Die Bedrohung
Roman. 192 Seiten, gebunden
»Gert Loschütz' spannender und mitreißender Roman zeigt einmal mehr: Die Bedrohung liegt nicht einfach so in der Welt. Sie ist in uns selbst.« (Frankfurter Rundschau)

Sylvia Plath. Die Tagebücher
492 Seiten, gebunden
»Ein großartiges Stück autobiographische Literatur. Kraftvoll und poetisch, klug und sprachlich ausgefeilt.« (Brigitte)

Marion Poschmann. Schwarzweißroman
Roman. 320 Seiten, gebunden
»Hier gibt es keine abgegriffenen Worte, keine sattsam bekannten Figuren. So etwas hat man noch nicht gelesen.« (Bücher)

Minka Pradelski, Und da kam Frau Kugelmann
Roman. 256 Seiten, gebunden
»Das ist wunderschön! ... Wir haben dieses Buch beide sehr geliebt.« (Elke Heidenreich und Iris Berben in der Fernsehsendung Lesen!)

Thomas von Steinaecker. Wallner beginnt zu fliegen
Roman. 368 Seiten, gebunden
»Ein Roman über die Zeit, über ihre Geschwindigkeit, ihre Langsamkeit und vor allem die Tatsache, daß dem Leben des Menschen die Rückspultaste fehlt – in einer Sprache, die hundert Jahre zu einem einzigen, schnellen, unvergesslichen Leseerlebnis macht.« (Juli Zeh)

Jean-Philippe Toussaint. Das Badezimmer
Roman. 128 Seiten, gebunden
»Um Toussaint einzuordnen, müsste man ihn irgendwo zwischen Kafka und Beckett stellen, eine Brücke zwischen Mondrian und Pascal.« (Le Monde)

Jean-Philippe Toussaint. Der Photoapparat
Roman. 120 Seiten, gebunden
»Toussaints Stil, kühl und zart wie ein seidiger Sonnentag im Oktober, ist reiner Genuss für den Leser. Und zugleich wird einem – ganz unangestrengt – ordentlich das Hirn gefüttert.« (NDR)

Jean-Philippe Toussaint. Sich lieben
Roman. 154 Seiten, gebunden
»Das Wesen der Liebe besteht darin, dass sie sich nicht beenden lässt. Dies scheint Toussaint mitteilen zu wollen, ganz und gar toussaintesk natürlich, beiläufig, unpathetisch, parenthetisch, versteckt im offenen, schwebenden Schluss seines bisher schönsten Romans.« (Neue Zürcher Zeitung)

Jean-Philippe Toussaint. Fliehen
Roman. 178 Seiten, gebunden
»Was will man Größeres, was will man mehr von der Literatur verlangen!« (Le Monde)